IO SONO L'ABISSO

Donato Carrisi

清潔工

多那托・卡瑞西——著　蘇瑩文——譯

給安東尼歐和維多立歐，
我兩個兒子，我最美的故事。

「為什麼我要憐憫這些絲毫不憐憫我的人？」

——《科學怪人》，瑪莉·雪萊，一八一八

「他在家裡！」

——電影《科學怪人》，詹姆斯·惠爾執導，一九三一

六月七日

高處的招牌缺了幾個字母，其他的則是歪歪扭扭。他才五歲，還沒上學，但是他認得G和H，而且他知道小圓圈是O——和他現在驚訝的嘴型相同。

「大飯店（Grand Hôtel）。」維拉指向眼前宏偉的建築，他們在前面靜靜等待。「大飯店的大冒險，我是怎麼告訴你的？」

緊閉的窗戶是盲人的眼睛；牆上的裂縫宛如乾涸的淚痕。招牌和彩色圖案不再有昔日的歡樂，反而帶著老巨人受辱的氛圍。木板封住的自動門看似故障的旋轉木馬。小灌木鑽出柏油路面，像是探出墳墓的骷髏手指。

除了聽得見但看不到的蟬鳴，這裡只剩下維拉的腳步聲和孩子塑膠夾腳拖的拖拉聲。孩子穿著藍色短褲和背心落在後面，幾乎跟不上她的腳步。相反地，和粉紅色火鶴鳥一般纖細的維拉則是穿著涼鞋，繫帶還閃閃發亮，展現出無比信心。

儘管陽光刺眼，孩子仍然無法自持地抬起頭，仰慕地看著走在他身邊的女人。她戴著貓眼型墨鏡，當她摘下草帽時，腕上三只寬大的圈環會順著滑到手肘處；他好喜歡他們一起在紀念品店偷來的這頂粉紅色緞帶草帽。是他要她在出門前戴上的，而為了讓他開心，她也欣然同意。維拉在短褲和T恤下穿著一套電影明星會穿的黃綠兩色花朵比基尼，蓬鬆亮麗的淡金色頭髮在早晨的光線下閃閃發光。她的皮膚光滑細嫩，除非特別靠近，否則看不到零散的幾點小痣。

看著她，孩子不免哀傷。有時，他覺得自己配不上這麼美麗的母親。他弱小又笨拙，而她如此完美。

「走啊，我們快到了。」維拉有點生氣，輕推了他一下。

孩子氣喘吁吁地，想叫母親放慢腳步但又怕她鬆手，於是忍住沒說。像這樣肢體接觸的機會太罕有，他簡直不相信她還沒放開他濕黏的小手。

但今天是個特別的日子。

維拉肩揹著裝了毛巾和午餐——兩個三明治和兩瓶可樂——的大包包，空氣中飄著一股義式香腸的味道，小瓶子互相碰撞，傳出輕響。

今天是他們大冒險的日子。

這場大冒險已經讓他們談了好幾個星期。最特別的是：提議的人是她。孩子本來以為維拉會和其他幾次一樣，說了就忘。但是沒有。她答應了他，而她顯然正在履行諾言。

就算大冒險的地點和他想像的不同也沒關係。至少，這次沒有像蒼蠅跟在他們後面：他稱那些在街上圍著維拉打轉的男人為蒼蠅，他們老愛打擾，還嗡嗡講些沒人聽得懂的話。那種時候，好像只有維拉什麼都沒注意到。有時候，他們會有人成功逗她笑出來。這一來，她會連問都不問兒子就讓這男人走進她的生命當中。但今天不一樣。今天，沒有人會逗他母親笑，沒有人可以讓她忘了自己的孩子。

今天維拉是他的，他一個人的。

其實他知道那些蒼蠅來來去去但不會留下來。到某個時間點，維拉會對他們感到厭倦，於是開始無視於這些男人的存在。孩子也適應了這種狀況。有時，他們當中會有人注意到他，開始扮演父親的角色教育他。上次有人這麼做時，留給他的紀念是藏在他胳肢窩的印記：香菸頭燙出來的痂痕。

孩子不知道自己的親生父親是誰，也從來沒問過維拉。有可能是某隻路過的蒼蠅吧。某個矮胖的男人離開前，在維拉的肚子裡留下醜陋的種，最後的結果就是：他。也許這是維拉禁止他喊她「媽媽」的原因。他只在自己的腦海裡用這個稱呼。他們也從來不用「家庭」這兩個字。但即使是維拉也知道，當你把一個孩子帶到世界時，你該向孩子說明一些事，而且確定他聽了進去。例如幾星期前，他們看一部描寫某個「家庭」安排海邊之旅的電影。電影中有個像他一樣的孩子，孩子的爸爸送他一個潛水面鏡，並教他怎麼使用。

這就是這次大冒險的內容：維拉答應教他游泳。

他沒有泳褲。但當他在出發前提起這件事時，維拉回答道：「不需要泳褲，你有內褲就夠了。」

這一刻，他什麼都不在乎。他的心跳加速，跟著她走進矮樹叢，跨過瓦礫和碎玻璃，從大旅館的後方走進去。

「我是怎麼告訴你的？」女人指著豌豆形狀的游泳池，興奮地說。

孩子放開母親的手，定在原地不動。他才五歲，然而他已經學會一件事：相信自己的想像力只會帶來痛苦的後果。若這想法出自維拉更是如此。但這次不同。他喉嚨像是哽住似地說不出話。

池水是黑色的。不止如此，一些小昆蟲和幾隻蜻蜓在水面上飛，讓人聯想到透明的薄膜。

「怎麼了，哪裡不對？」維拉不耐煩地問道。

「沒有。」

但他的話不可信。

「說嘛，告訴我，你是怎麼了？」

他無法掩飾自己的失望。

「我們還是可以回家喔。」維拉威脅他。

「不要！我們留下來。」他用懇求的語調說，擔心毀了一切。

維拉看著他，揚起深色鏡片後的一側眉毛，從包包裡拿出一條毛巾。

「我們找個地方曬太陽。」

他們在撕裂的帆布躺椅間找了一個空地。維拉脫下短褲和T恤，躺在毛巾上。

「你不把衣服脫掉嗎？」

孩子先脫掉短褲，然後是背心。他覺得尷尬，因為他母親直視著他。他等著她一如往常地笑他胖，但這次她沒說。

「你為什麼不游泳？」

看到他的反應，維拉爆笑出聲，接著才翻找自己的包包。

「我要給你一個小驚喜。」

驚喜？通常他母親所謂的驚喜多半是驚嚇。像那次，她說要出門幫他買生日禮物，結果把他一個人丟在家裡，一丟就是三天。

但這次維拉拿出一組充氣式手臂浮圈。

「一開始你得戴上這東西。這樣你會學得更快。」吹氣前，她這麼告訴他。

他無法相信自己的雙眼。維拉曾經為他在商店或超市裡偷東西，例如鞋子、衣服等等。孩子擁有的一切——包括玩具——都是偷來或是從垃圾桶裡撿來的。充飽手臂浮圈後，她幫孩子套上。他喜悅地看著套在胳膊上的橘色浮圈。現在，他只需要召喚勇氣，跳進渾濁的水中就好。

「可以了，你準備好了。」她鼓勵他。

孩子充滿信心地往前衝，但又突然停下腳步：他母親不在他身邊，仍然坐在毛巾上，甚至點了根菸。

「妳不來嗎？」他看著泳池問她。

「我抽支菸就來，你先開始。」

孩子想等她。

「怎麼了……你害怕嗎？」

他不喜歡這個他太熟悉的語氣。她在那群蒼蠅面前經常這麼說話，讓大人一起嘲笑他。

「不怕。」他試圖拾起信心，信誓旦旦地說。

「浮圈會讓你浮起來。」維拉坐在毛巾上安撫他，說：「而且我會看著你。」

孩子努力尋找跳進這池死水的力量。他知道自己沒有太多時間。他學到過，時間是害怕的盟友。一次，維拉不開心又喝多了酒，朝他扔了一個玻璃菸灰缸。他不過猶豫了一秒鐘，左耳後就多了一道長長的傷痕。

「如果你不自己下去，我會動手把你扔進這他媽的泳池裡。」他母親抽了一口菸，陰沉地說。

孩子閉上眼睛滑進水裡。

一開始他往下沉，但某個東西將他往水面上帶。手臂浮圈讓他浮在這池黑水上。儘管如此，他還是有種不舒服的感覺，覺得泳池似乎甦醒了過來。於是他瘋狂地用腳踢水，為的是逃亡而不是游泳。

「你看到了，游泳不難！現在試著前進一點。」

前進？這是什麼意思？他完全不知道該怎麼讓自己的身體從泳池的一側到另一側。為了不讓她失望，他划動雙手朝池子中間游過去。到達泳池中央時他好驕傲，但好心情沒維持多久：

他身下有東西想抓他。有個東西輕輕掃過他的腳踝。他嚇了一大跳。是一隻手嗎？他尖聲驚叫，維拉說：「小娘砲！」他的腳勾到一個奇怪的物體，這物體先在他身邊浮了一下才沉下去。原來是一枝多節的樹枝。他聽到母親在遠處大笑。這時他突然注意到一股氣輕輕吹向他的臉頰。這股氣哪來的？他看著右手臂上方。

橘色浮圈上有個小記號。

這個不起眼的小洞正在漏氣。浮圈的氣逐漸漏光，他覺得右手臂變重了。他想回到池畔，但他還沒來得及反應，另一手的浮圈也出現相同的狀況。

讓他保持在深淵上方的助力正在放棄他。

他開始掙扎，深信這池死水想困住他。有幾次，池水高過他的下巴，水流進他的嘴裡。泳池不想放他離開。他第一個反應是告訴維拉。他奮力抬起頭，幾乎完整地喊出她的名字。他看見母親，就看到那麼一眼，接下來只有是驚愕。

維拉收拾起毛巾放進大包包裡。

慌張之下，他全身僵硬，沉到水中。他拚了命划向水面。戴上草帽和太陽眼鏡的維拉踩著閃亮繫帶的涼鞋，扭著屁股越走越遠。他內心的孩童告訴自己：這不是正在發生的事。他又叫又喊，但是她沒有回答，與此同時，他吞下更多讓他無法呼吸的苦水。他掙扎、下沉。他仰頭試著看過去。她走了。她不在這裡。他母親已經離開。

他手臂上的浮圈如今只是鬆垮的廢物，他邊哭邊揮動雙手。深淵中的垃圾浮起來圍在他身邊，當中有塑膠瓶、小罐、生鏽的罐頭，還有垃圾袋。絕望之下，他徒勞無功地抓著垃圾想要自救。他悶聲呻吟，滾燙的熱淚沿著臉頰往下淌。恐懼和焦慮同時在他體內爆發；池畔既遠又近。他忽而下沉，忽而浮出水面。這樣來回了幾次？他知道，下次呼吸可能是自己的最後一口氣。他不願放棄，好比魔鬼那般掙扎，努力抗拒將他往下拖的水流。池畔近了。問題是不夠近。

不夠近！

他的體力背叛了他。他的雙腿因為抽筋而僵硬，無法支持下去。至於雙臂，他完全感覺不到自己的手臂了。「小胖子要溺水了。」他模仿維拉太常用來和他說話的殘忍語氣嘲笑自己。

然而就在這個時候，他突然有意想不到的發現。他體內埋藏著一個無聲的秘密，這秘密也許一直都在，藏在他的肉身之下。

一股無法抗拒的不知名力量。

他本來已失去知覺的雙臂自行往外伸展，猛力拍水，雙腳和雙腿跟著復活，推動他前進。他不知道這個本能打從何來。這就像另外有個人控制著他的身體一樣。他抬起頭，開始呼吸，肺部充滿空氣。

再努力一下。再一點。接著他摸到池壁，笨拙地攀附在上面。他就這麼顫抖著，無法控制地陣陣痙攣，蒼白的指頭緊緊摳住泳池壁的磁磚。幾秒鐘過去，接著又過了幾分鐘。他身邊只有毫不在乎的蟬鳴聲。他攀著池壁，小心地挪向少了幾根橫桿的生鏽扶梯。他用盡全力將自己從池水中拉出來，離開陰暗的深淵。天氣很熱，但他好冷，連失禁後尿水沿著他的雙腿往下流都不知道。他只感覺得到自己飛快的心跳。

「媽媽……」他用緊繃的聲音第一次喊出來：「媽媽……」

他啜泣，就算她會嘲笑也不管了。

他不知道該怎麼做或該去哪裡。他只知道兩件事。

他母親丟下他一個人。而現在他會游泳了。

1

世上最寧靜的地方。

清潔工曾經在棄置於巴士裡的陳年舊報紙上讀到這句話。

標題指的是科莫湖。

事實上，這篇報導的主角是房子，不是人。「極佳投資標的」的空房。至少他是這麼理解的。他的閱讀能力不強，經常誤解句子的意思，但標題這幾個字打動了他，在他的詮釋下，這句話成了一個徵兆。

春末的這個早晨，綠意圍繞著別墅區，他正要開始清運這一帶的垃圾，這時，他又想起這句話。

他石英錶的錶面顯示四點五十分——他把自己的生命節奏這項任務託付給這只錶。這時天色仍暗。地平線上的湖泊宛如綿長的石墨線條，閃耀著黑銀兩色。上山的蜿蜒小路上，一個人影也沒有。他開著市政府藍綠兩色的垃圾車，稍微降下車窗，讓空氣稍微流通。縫隙不大，不至於吹亂他精心梳理的中分紅髮。

清潔工看著這些別墅，想像屋裡寧靜的氣氛，以及縮在被窩下的住戶。年輕夫婦，有孩子的家長，長期相處的配偶。大家都躺在床上。然後，還有那些因為某種原因而沒有家庭的人。

鰥夫寡婦，離婚或還沒有找到對象的人。那些獨身的人。他們當中有許多人沒有繼承者，所以才會有那麼多空房。

「世上最寧靜的地方。」他輕聲說。

但也是最孤寂的地方，只是沒人說罷了。然而這正是清潔工十年前來此定居的原因。在這麼多孤家寡人之間，他有自己的孤寂。

他停下車，關掉引擎，小心翼翼地戴上市政府配發的工作帽，免得弄亂頭髮。他下車後關上車門，讓保護意味十足的寧靜擁抱住他。他摘下鎳框眼鏡，用套在深綠色制服外的橘色背心衣角擦拭鏡片，然後重新戴上，環顧四周。再過不久，那些窗戶會亮起，為即將來臨的狂亂揭開序章。

但不是現在。目前，無須爭論，他仍然是創造萬物的大師。

在開始工作之前，他還有兩三分鐘。他決定不去打擾，先好好享受這片寧靜。在這個時候，某些平庸的手勢也能帶來與平常不同的愉悅意義。例如壓手指關節，讓寧靜放大微弱的聲音。然而，他最喜歡的還是呼吸。他大口吸氣，大口呼氣。大多數人不常注意到生命中的這類小確幸。而清潔工呢，在差點被一池腐水吞沒的五歲那年，他就已經懂得欣賞與感激。

早晨的空氣最清新，他一向努力爭取輪值早上第一班。這麼做有好處，除了不必和同事互動之外，還能享受平靜的早晨。這麼私密的特權是不能和其他人分享的。清潔工沉默寡言，即使在思考的時候，他的思緒也是漫長的推敲或像播送腦中一幕幕的影像，伴隨著極其單純的感覺。

但他的內向往往讓人感到不自在。

他不願因自己而讓他人尷尬。沒有人喜歡和這種人相處，他不愛說話，不喝酒不抽菸，對運動或女人都不感興趣，也沒有妻小讓他抱怨。一個沒有朋友的男人——如果他說得出口。其實他是個不需要朋友的男人。事實上，清潔工不知該如何定義自己。

打掃，是最能代表他的特質。

他很清楚外人對他工作抱持著負面觀點：大家都知道必須有人處理他們的垃圾，但又無聲地憐憫後者，好像把清運垃圾當作一種悔罪或譴責。但正好相反，這個工作並沒有為他帶來壓力。臭味不會困擾他，他也不介意動手清理他人抗拒的東西。吃力不討好的工作總得有人扛，這是不可否認的生命法則。

在科莫湖及周遭地區，做這個工作必須低調，像變戲法一樣。打入夜起到日升之前，市政府的大夜班清潔人員負責打掃這座城市。每星期三次，在清掃街道之前，天藍色和綠色的雙色小垃圾車會先清運市民前一晚放置在人行道上的垃圾袋。這些密封的垃圾袋依據不同垃圾有不同的顏色，清運人員先全數收齊，再依詳盡的行事曆分類。

星期四處理的是有機垃圾。

清潔工的石英腕錶發出電子音提示：五點整。他可以上工了。他從垃圾車裡拿出一副工作手套戴上。當黎明破曉、在湖面上灑落粼粼波光時，他沿著無人的街道往前走，收拾一棟棟別墅門口的垃圾。收拾夠多的垃圾袋後，他會回到車邊，把垃圾一袋一袋丟進車斗，再用棍子把垃圾袋壓扁。與他的沉默寡言相同，他還一絲不苟。

他負責這個地區已經有六星期時間，根據輪班規則，他明天就得換區。他覺得有些可惜，畢竟他已經習慣這一帶。到了別處，他又得重新建立另一套日常。

例如，這六個星期中，每當他走到二十三號前，他都會停下腳步欣賞這棟興建於二十世紀初期的小別墅，欄杆內的別墅有有趣的尖角窗，屋頂上還有小尖塔。這棟別墅位在教堂和城堡之間。別墅的蕾絲窗簾放了下來，但在插著繡球花大花瓶旁邊有個大窗台，從那裡可以看到上頭躺了五隻貓的大靠枕。一隻銀色、一隻黑白貓、一隻黃貓和兩隻虎斑貓。

在最後一次離開這棟獨特的別墅前，清潔工推了推眼鏡才拿起大門邊裝著有機垃圾的垃圾袋。

這袋子還不到兩公斤。

他回到垃圾車邊，但他沒把這袋垃圾和其他的一起丟進車斗，而是打開車門，把這袋子放到駕駛座下面。

接著他上車，發動引擎，繼續他的行程。

2

這天下午晴朗但不熱，三點左右，有名員工和其他人一樣，穿著便服走出倉庫。清潔工在超市買衣服，選擇多半是多功能型的款式。他喜歡中性色彩，通常是淺色牛仔褲、深色套頭毛衣和天藍色或白色襯衫，再搭配淺灰色聚酯纖維夾克，夾克要有可收納的帽子，這樣下雨時他才能從領緣翻出來用。

這天，他還帶著一個黑色斜背包。

雖然有直達車，但他換了至少四次車才回到自己住的郊區。這個選擇沒有特殊原因，如果一定要說，那就是出自他的謹慎。

他在老地方下車，低著頭、雙手插在口袋裡往前走向幾棟建築共同用來當作中庭的空地，每走一步，垂在他臀後的斜背包就跟著跳動。孩子們用粉筆在柏油路上畫出臨時足球場，他從一場場比賽間穿梭而過。幾個女人邊抽菸邊話家常，或是用讓人聽不懂的語言講電話，她們當中有人輕柔推動躺著寶寶的嬰兒車，有人則誇張地比手劃腳。手拿啤酒的男人自有聊天的角落。停在一邊的車子搖下車窗，車裡的喇叭傳來各式節奏和音樂。在喧鬧的人群中，清潔工是個異數。他是闖進這個世界的外人，然而在他路過時沒有人和他打招呼，甚至連看都沒人看他一眼。理論上，早該有人發現他，但他從很久以前就知道自己沒有這類風險，因為他是透明人。從前他會因此而痛苦，但他改變了想法。多少人有這種能力？這讓他和尋常人不同。

我是隱形人。

他走進其中一棟社會住宅的大廳。大樓屋頂上裝了一個大水塔。他搭唯一還運作的電梯來到七樓。他的公寓就在陰暗走廊的最深處，有三道安全鎖保護——這是他搬進來當天裝上的。他伸手從聚酯纖維夾克的口袋裡掏出一個錫製小戰車，上頭繫著他家鑰匙。他打開門鎖。

他走進門裡，接著立刻把外面的世界關在身後，這才鬆一口氣。

公寓有兩個隔間和一間小浴室。他把第一個空間當作起居室和小廚房，晚上把沙發拉開當床用。第二間房間的門是綠色的，黃銅手把發亮。

這房間上了鎖。

清潔工後背抵著家門等待。電視、家中的吵鬧和寶寶的哭聲壓下了空地傳來的喧囂。雖然如此，不到幾秒後，一陣耳鳴襲向他的腦袋，所有聲音全部消失。

他用不透光塑膠布遮住窗玻璃，從窗外照進來的光線因此顯得朦朧。他對水泥大樓的景觀不感興趣，況且，他更無法忍受的，是鄰居可能會偷窺他。在眼睛適應昏暗的光線後，他開始檢查公寓，確認家裡沒有意外的訪客。想進他家恐怕得穿牆，但他的本能仍然驅使他仔細檢視。他沒有電腦，沒有電視或任何值錢的物品。既然沒有講話的對象，所以他連手機也沒有。至於錢，市政府會把薪水直接匯入他的郵局帳戶，而他只有在真正需要時才會提領。不過，他仍然無法忍受有陌生人可能侵犯或汙染他私人空間的想法。幸好一切與他今天早上離開時相同。所有物品都在原來的位置。

尤其是起居室中間的桌子。他在花布桌巾下藏了東西。

清潔工脫下鞋子，放在門邊。接著他把斜背包掛在掛鉤上，打開小衣櫃左邊的門，脫下衣服，細心地收好。他穿著天藍色內褲和白襪，看著衣櫃門內的鏡子：他無毛又過胖的身軀、太寬的臀部、長了許多小痣的蒼白皮膚、近視眼鏡，以及精心梳理過的紅髮。

「你不游泳嗎？」

他搖搖頭，關上衣櫃好趕走這個聲音。他拿出一條深色的塑膠長圍裙穿上，接著拿起黑色斜背包，慢慢拉開拉鍊，掏出早上在二十三號門口拿到的有機垃圾塑膠袋。他用兩根指頭拎著垃圾袋走到桌邊，用另一隻空下來的手掀起桌巾，露出藏在下面的東西。

從左到右仔細排列著七罐開過的貓罐頭、三包乾糧的空包裝、三瓶打破的貓用驅蟲藥、一瓶用到只剩下瓶底黃漬的廉價抗皺霜、一條用完的抗橘皮組織霜、一排少了八顆的減肥錠、抽紗的塑身褲襪、十來片黏著黑色毛髮的脫毛貼、一瓶用了四分之三的淺金色染髮劑、十九個揉皺的涼菸包裝盒、一個綠色BIC打火機、三瓶劣等伏特加空瓶、兩大塑膠瓶檸檬汁、一張寫著「抗焦慮處方勞拉西泮，二毫升，滴劑，每日使用三次」的過期處方箋、三瓶勞拉西泮滴劑空瓶、一張用過的電話儲值卡、幾本《時人》雜誌、釘在一起的收據，以及一盒印著舞廳標誌的火柴。

藍色夜總會。

清潔工凝視這幾星期陸續從二十三號垃圾裡收集來的寶藏。他根據多年來建立的主軸，費盡心思挑選這些物品，扔掉其他多餘的東西。

一個人的垃圾敘述他的真實故事。因為垃圾和人不同，不會說謊。從人丟掉的東西當中，可以得知很多事。基本上，這是他與其他人互動的方式。但不是每一個人，他只對自己的同類有興趣。

同樣獨來獨往的人。

地上有個藍色盆子。他把盆子放在桌下的空間，再把垃圾袋放在裡面。他打開抽屜，戴上乳膠手套，最後才拿起一把剪刀。

他先剪掉垃圾袋上端，然後把裡頭的東西倒出來。二十三號別墅唯一居民的最後幾餐，是她節約習慣的證明。清潔工戴著手套，用指尖將殘渣分類，好進一步檢視。從食物的殘渣來看，這個女人手頭並不寬裕。而收據也足以確認這點。不過，還有其他東西。

隱藏在細微差異中的故事，沒有經驗的人是看不出來的。

但清潔工對隱藏的意義別有天賦，這是他真正的才華。看著他面前的食物殘渣，他拼湊出一個寧可讓貓吃飽而不顧自己的人。酒精和香菸不是為了享樂，而是一種麻痺哀傷的方法。她對自己外貌的執念，揭示出她絕望地想在一切太遲之前改善自己的存在。但她唯一逃避苦難的方式，是觀看八卦雜誌上大刺刺的炫耀照片，藉此嫉妒他人的幸福。

除了這些推測之外，還有另外一點讓清潔工很感興趣：這些垃圾足以證明，在這六星期之間，二十三號的住戶不曾接待任何人共進午餐、晚餐，連喝杯茶或咖啡都沒有。獨自用餐，說明這個女人活在被人拋棄的深淵中。當幾隻貓帶來的溫暖不足以慰藉她時，她可能會去免費入場的二流舞廳尋找豔遇，以求人性的溫度。

例如「藍色夜總會」。

清潔工脫下手套，從抽屜裡拿出一本小筆記本，筆記本的橫條頁面間夾著一支鉛筆。他很快地翻閱筆記。這麼多天來，他一直在記錄自己在女人的垃圾裡找到的東西。人們大可指責他不該管他人的閒事，說他不當探人隱私。

「愛管閒事的傢伙！」

如果有人這麼說，他也會提出反駁，表示自己這麼做是資源回收，並將之投入循環再利用。他給予這些玻璃、鐵罐、塑膠和不鏽鋼第二次生命，為良性循環做出貢獻。

其實，他從垃圾裡挖出來的寶貝更貴重。

儘管他知道自己的目的已經達成，但出於謹慎，他還是記錄下最後一筆清單。闔上筆記本後，他有種完成任務的滿足感。一會兒後，他會把這包有機垃圾重新打包丟掉。但他也可以把其他東西一起扔了：現在，他已經瞭解二十三號別墅居民的真實故事。這個故事可能沒別人知道。而且毫無疑問，大家也不會在乎。而他呢，相反地，他自視為另一個人類的隱私貯藏庫。但這個女人不必擔心，她的秘密很安全，只會在經過周全的考慮後才拿出來使用。

正要收起筆記簿時，盆子裡的殘渣中有個閃亮的物品吸引了他的注意力。他彎下腰，用筆尖把一直到現在才注意到的彩色小東西挑出來，用圍裙邊角擦拭乾淨，拿到眼前看。

一截斷掉的指甲，上面塗著紅色指甲油。

他看著指甲，既驚訝又著迷。這不只是簡簡單單的垃圾，而是她身體的一部分。是紀念品。

他小心翼翼地把這截指甲放在桌上，它散發著奇特的光芒，發射出某種他能清楚接收到的信號。他覺得很興奮，這截指甲是他與天選之女的第一次真正接觸。

清潔工轉頭看那扇綠色的門：他準備好了，可以再次打開那扇門。該是徵詢米奇意見的時候了。

3

藍色夜總會是棟偌大的混凝土建築，地點荒僻。

晚上九點十五分，米奇來到停了八輛車以及一輛接駁小巴士的停車場。霓虹燈招牌標示著「藍色夜總會」，但其中有好幾個字母沒亮。夜總會的凸窗漆成藍色，但透過油漆裂痕，他還是可以看到裡頭的閃光燈。

米奇熄掉飛雅特廂型車的引擎，等了一會兒才下車。多年來，他學會了耐心，這是保持自制的基本美德。同時，這也是他給自己訂下的規則之一。他已經能徹底控制自己的衝動。他既有耐心又懂得觀察，這兩種特質同樣重要。

人還在外頭，他已經聽到舞廳裡低音喇叭的聲音。在他的腦海中，音樂轉化成為他祈禱的合唱。

他們知道他來了。

為了控制擠壓著他胃部的本能，他告訴自己：一切都需要經過審慎研究，不能倉促行事。同樣地，當他確定不會遇到意料之外的變化後，他才下車，走向夜總會入口。

他穿著一件黑色皮外套和成套長褲，搭配淺色尖領花襯衫、紫色窄版領帶，腳上是一雙踝靴。

他有一頭淺金色的頭髮。

貌甚疲憊的櫃檯女員工在他手背上蓋個章，告訴他第一杯飲料免費。米奇拉開紅色簾幕，發現自己走進一間光線昏暗的大廳。這時，在紫外線燈下，蓋在他手背上的章顯示出入場票。真有趣，他心想。

夜總會每週四都安排有主題夜，這晚是民謠舞曲夜。然而上門的客人主要是因為星期四這天的入場費用比較便宜，還贈送一杯免費飲料。

米奇打量這個藏身在深色玻璃裡面的舞廳。

小舞台上有一組五人樂團正在演奏，切面鏡旋轉燈下有幾對男女在跳舞。他估計在酒吧、舞池和小沙發椅座間的客人大約有四十多人。他仔細研究這些人。一如他的假設，藍色夜總會的常客都超過六十歲。

不出幾秒鐘，他就認出單獨坐在吸菸區的淺金髮女人：她指尖夾著一本《時尚》雜誌，塑膠高腳杯裡裝的顯然是伏特加通寧。

清潔工的資訊正確無誤。

米奇走向吧檯，給酒保看他手背上的章，點了杯可樂。接著他拿著杯子四處晃，隨著音樂節奏點頭，假裝樂在其中。但事實上，他一直瞄著抽菸的女人。

他等著她注意他。

她很快就會看到我，他告訴自己，因為她在尋找。其他男人不是已經成雙成對，就是比不上他。而且米奇有他們欠缺的特質。

年輕。

米奇拉低了這舞廳的平均年齡。他的出現雖不協調，但又恰好讓他成為年長女人的獵物。如同他的預料，抽涼菸的金髮女人注意到他。

他眼角瞥見女人改變了坐姿，方便她打量他這名陌生的神秘男子。她一定在自問：他到這種地方做什麼？

米奇心想：她還沒找到今晚的伴侶。那正好。看到她禮貌拒絕另一名男人的邀舞，他覺得這證實了女人對他的興趣。

她在等我。

他心滿意足地朝她的方向走了幾步，掏出一包萬寶路香菸和一個Zippo打火機，拿抽菸當藉口，坐到她後面的小沙發上。

女人雖然專心看著舞池，但她一定感覺到米奇來到身後，因為她的坐姿凸顯了女性特色。米奇端詳她的外貌。她大約六十多歲，以化妝遮掩皺紋。黑色蕾絲洋裝大方開著低領，高跟涼鞋不優雅地顯露出外翻的拇趾，首飾十分誇張，撲鼻而來的香水味中夾雜著薄荷菸的味道。

她表現出一副漫不經心的模樣，伸手拿起茶几上的伏特加通寧，用沾了口紅的吸管喝了一大口，然後用指頭輕敲空杯。這時，他注意到她塗著紅色指甲油，而且中指的指甲斷了。如此一來，便證實了這名陌生女子確實是二十三號的住戶——儘管說他早已知道。他一直都知道。

算清潔工機靈，發現了這個細節。

她往前傾身，在菸灰缸裡熄了菸蒂，然後從水鑽串珠手拿包裡拿出另一根菸。他藉機往前走了一步，將點了火的打火機遞到她面前。她轉過身，故作驚訝地露出微笑接受。

「我是瑪格達。」她自我介紹。

「我叫米奇。」

他坐下來。

「第一次來藍色夜總會嗎，米奇？」

「聽說過很多次，但第一次來，沒錯。這地方滿好的。」

「今晚還不算最好的。」她指著舞池說。

「妳常來嗎？」

「能來就來。週末比較熱鬧，但其他日子有接駁車接送像我這樣不開車的人。這裡音樂不錯。」

樂團演奏起一首米奇聽過的改編民謠。這曲子應該是經典，但他不確定。他暗自祈禱，希望瑪格達別邀他跳舞。至少不是現在。

「你喝的是什麼？」女人問他。

「古巴自由。」

這是謊言。酒精會讓感官沉睡，而他必須保持清醒。

「你靠什麼為生，做哪一行的？」

瑪格達找了話題，好藉此更快認識彼此。

「我做業務，賣女鞋的。」

他聽人說過，所有女人都愛鞋成痴，如果可以，她們會聊鞋聊個不停，還會互相比較。事實上，瑪格達立刻表現出興趣滿滿的模樣，於是他繼續說下去。

「因為工作的關係，我經常旅行。雖然有點辛苦，但我很喜歡：旅行可以讓我發現新地方，認識很多人。」

「我還在想你遇見過多少年輕又漂亮的女人呢。」

他看著她戴在右手小指上的土耳其石戒指。

「這倒是真的。」他無動於衷地說：「但我不會用個人狀態來評斷一個人……而且，我很少碰到喜歡的女人。」

這句恭維沒激發女人的熱情。

「那麼女人該怎麼誘惑你？」

「金髮。」他看著她回答。

何況這是真話。

瑪格達微笑了，他趁這安靜的一刻拉起她的右手。

「可以嗎？」他問道，翻過她的手看她的掌紋。

「怎麼，你會看命嗎？」

「有時候會。」

「那請你……」

米奇摘下墨鏡，擰著眉頭專心看，假裝拆解她掌紋線條中暗藏的秘密。

「你看出什麼？」

她似乎很著急。

與此同時，他用指尖輕輕循著線條劃過她的掌心，心知她有種既愉快又搔癢的感覺。

「我看到妳過去有段長長的等待和一場轟烈的愛情……曲折的愛。命運，如果妳沒能完成愛情的夢想，都是因為命運。受到坎坷的命運和一些惡意又嫉妒的人所影響。」

他不必看她，也知道自己這番話正中靶心。她整個人安靜下來，手臂僵直。

「此後，妳在認識的男人身上尋找這種感情，但是徒勞無功……妳已經受了傷。妳變得多疑，不過這點妳做得好。」

「看得到我的未來嗎？」她囁嚅地問道。

他帶著微笑說：「我看到漫長的旅途，因為妳一直希望去看這個世界。我看到意外的驚喜。我看到永遠改變一切的邂逅：我看到一個人……」

「誰？」

他抬起頭，用藍色的眼眸凝視她。他把答案留給她自己猜。

「不管怎麼說，你真的很厲害。我可以再喝一杯。」說著說著，她抽開手，然後指著手背上的章，暗示她等著他請客。

她顯然已經喜歡上這個局面。

「當然。」米奇戴回墨鏡。「我去幫妳拿飲料。」

「伏特加通寧！」

這我也知道，他好想這麼回答。

走向吧檯時，他為今晚的順利展開賀喜自己。一切自然而然地發展。他提前品嚐了結果。在尋常的儀式和讚美結束後，他們可以進入嚴肅的事項。無論如何，我知道妳要什麼，我不會相信妳的反駁。現在只要等待，不要表現出急迫的樣子就行了。最重要的，是謹慎地遣詞用字。他太常在這個階段因為說錯一個字，而失去好不容易得來的信任。

他端著她點的雞尾酒回來。

「想和我跳舞嗎？」瑪格達提議道。

他沒說話。看他猶豫，她顯得很失望。

「時間有點晚了。」米奇看著鍍金腕錶，試圖補救。「我只是來看看，明天我還有工作。」

「沒問題。」

但女人覺得自己遭他拒絕。

「其實是我前妻丟下一隻貓離開我……那隻貓不喜歡獨自過夜。」

這句突如其來的信賴之詞打動女人內心的溫柔，她再次轉頭看他。

「你養貓？」

「嗯，就像我剛才說的，牠不真的是我的貓……但是沒錯，牠現在和我一起生活。」

「我也是，也養貓，我懂你的意思。」

「啊，真的嗎？好巧！」

「對我來說也有點晚了。你願意送我回去嗎？」

「當然可以。」

他幫著她穿上外套，接著兩人一起走向出口。到了外頭，他們一路沒有交談穿過停車場。米奇明顯感覺到兩人間的化學作用。夜裡有些涼，他們呼出的熱氣在空氣中凝成輕霧。他為她帶路，一邊注意附近有沒有別人：唯一的聲音是女人涼鞋踩在地上的聲響。廂型車停在停車場的另一側，就在路邊。他加快腳步。

這時候，他發現她開始遲疑。

她看見了我的舊車，他告訴自己：她嗅到了危險，所以才放慢腳步。

但米奇早就做好準備，於是他轉身露出安撫的微笑。

「妳喜歡鞋子嗎？」他問道。「這是什麼問題！有哪個女人不喜歡鞋子？我有試穿的高跟鞋，想穿穿看嗎？妳穿幾號鞋？從鼻子長度判斷，我猜妳穿三十八號。」

「三十八號沒錯。」她說話的聲音微微發抖，眼睛還看著廂型車。

離車子只差幾公尺了，但瑪格達看來不像想跟他走的樣子。

米奇假裝什麼都沒發現。

「知道嗎，三十八號是店裡賣得最快的尺寸。但妳運氣好，我這尺寸的樣品多的是。」

接著，他適時從口袋裡掏出他拿來當作鑰匙圈的錫戰車。

女人注意到這個玩具。

「這是我外甥——我姊姊的兒子——送我的。我從不離身。」

聽到他講起家人，她看來放心了些。

「很可愛的小東西。現在，我知道你養貓，還有個外甥。」

這個發現似乎讓她覺得有趣。她花了幾秒鐘思考，隨後決定她對這個男人瞭解夠深，可以信任他。

她走向他的車子。

米奇表現出十足紳士風度，為她拉開乘客座的車門，待她坐好後才又關上。他繞過車頭坐上駕駛座，發動引擎後開了暖氣，因為她看來好像有點冷。

「謝謝。」瑪格達說，一邊扣上外套領口的釦子。

車廂裡瀰漫著一股松樹的香味，這味道來自扣在出風口的除臭劑。車上的收音機響起，這個調好的頻道只播放義大利老歌。他們聽著一首老情歌。米奇把車開出藍色夜總會停車場，開上無車的長長街道。科莫湖面上的霧氣飄蕩在鄰近的鄉間。

「所以妳也一樣，妳那五隻貓不喜歡妳丟下牠們？」他問道。

「有時候，我覺得牠們才是房子的主人。」瑪格達開起玩笑。

但接著，她突然停下來。

米奇等著：他故意提出這個問題，很高興她能領悟。

「等等……」她斷斷續續地說：「在藍色夜總會我提到貓的時候，我沒說我養了五隻。」

米奇等了一下，才鎮定地確認她的話。他的眼睛沒離開馬路。

「對。妳沒告訴我。」

4

洗車場的刷子有催眠作用。

米奇雙手插在口袋裡，看著在隧道中清洗的飛雅特廂型車，內心平靜。在空無一人的洗車站裡，夜裡的涼意交織著精油的香味。這讓人有種重生的感覺。米奇已經刷洗過車內，把車身交給洗車站。當車子經過熱風烘乾後，他重新握住方向盤把車子開到停車場，在那裡用一塊灰色油布把車子蓋起來。

他在凌晨一點回到家。

他在門口慢慢脫下衣服，用塑膠袋裝起這些衣服帶到浴室。

他打開電燈，在鏡子裡看到自己。

他摘下墨鏡，把土耳其石戒指和鍍金手錶放在洗手台，然後撕下假眉毛，摘掉淺藍色隱形眼鏡。

接著，他捏起耳後的人造皮膚，慢慢拉下淺金色假髮，露出一整片禿頭。他揉搓頭頂好搓掉殘膠，順手也撫摸著腦袋兩側垂直、對稱的傷疤。一邊縫了二十七針，另一側則是二十三針。

「兩條漂亮的拉鍊……」

米奇把假髮放在一個保麗龍假人頭上，旁邊另一個假人頭上戴的是清潔工的那頂紅髮。接著，他用髮蠟和吹風機梳理頭髮。

他走進淋浴間，用沾了氯皂的去角質手套擦洗全身，這會帶來灼燒感又容易刮傷皮膚，但卻非常有效。雖然他指甲剪得很短，他仍然拿起一只金屬刷，刷洗可能留在指甲縫中的髒汙，順便洗掉右手背上藍色夜總會的印章。

再來輪到衣服。

他把長褲、襯衫、鞋子和內褲泡在加了洗衣精的浴缸裡，他用的洗衣精特別強調酵素，足以除去布料上的有機髒汙。此外，他還加了一大匙超市就能買到的小蘇打，通常烤肉時會加上小蘇打來軟化肉質，但因為小蘇打具有去除動物體液的特性，也經常拿來洗滌屠宰場員工的穿著。

等待衣物晾乾的同時，他戴上過濾口罩，用蒸餾水和四氯乙烷製成的溶劑乾洗領帶和皮外套的內側襯裡，再用浸泡了碳氫化合物溶劑的麻布擦拭外套的皮面。用氨水噴灑鑰匙和錫製小戰車前，他以同樣的方式消毒了手錶、戒指、他的皮夾和腰帶。他在靴子的皮底下塗了一層以硫酸鉻製成的膠，然後撕下膠片，將纖維和塵土一起黏下來。用來擦拭鞋面的則是以七十度酒精稀釋的有機酸，接著再以染料上油。最後，在安靜的公寓裡，他光裸著身子燙好衣服，才小心翼翼折起。

漫長的儀式結束後，米奇走進自己的房間。沒多久，清潔工走了出來，用鑰匙鎖上綠色的房門。

清潔工的手停留在光亮的黃銅手把上，他發現自己不想和米奇道別。一開始，他們的關係讓他苦惱，但他們終究還是找到了平衡點。基本上，米奇一直陪伴著他。儘管困難，他們還是能完美地互補。他內向羞怯，米奇豪爽健談。他沒辦法與人溝通，米奇一開口，就像當年圍著維拉團團轉的蒼蠅一樣滿口蜜糖。比方說，看掌紋這個點子來自一名塞爾維亞卡車司機——他母親就是這樣落入圈套。若不是米奇，他絕對不會有這樣的生活。而交換條件，是清潔工必須照料米奇，幫米奇買新衣服，存錢讓他夜裡外出。他們的協議讓兩人都滿意。到目前為止，同住一起的日子非常平和。他們是完美的聯盟。

特別是，米奇和其他任何人不一樣：絕對不會拋棄他。

「無論你去哪裡，只要推開一扇綠色的門，我就會在裡面。」

一聲短促的電子音將他帶回現實：他的石英錶顯示這時是凌晨四點零二分。外頭仍然一片黑暗。

完美的一天展開了。

第二天永遠更美好。那種心想事成，一切完美的感覺依然存在。很快地，記憶會消失，但不是這時候。因此，他必須好好享受接下來的幾個小時。

和平常一樣，他把用來煮咖啡的摩卡壺放在瓦斯爐上。他再過一會兒就要出門工作了。維持習慣是一件很重要的事。他雖然累，但還好不想睡覺。他的血管中仍然充滿腎上腺素。他知道疲憊遲早會佔上風，但他會支持到下班回家，到時候他可以倒下。反正明天是星期六，他可以賴床。

接下來的那個夜晚，他會睡得像個嬰兒。

喝過咖啡後，他拿出垃圾分裝袋，分類收拾這幾個星期為了研究藍色夜總會那個女人所累積的垃圾。他會在工作途中分散這些垃圾，送到不同的檢收點。做這件事的當下，他有種空洞的感覺。他按照計畫準時完成了任務，現在卻只覺得遺憾，因為他不得不放棄為他日子帶來意義的工作。

至少，在米奇將新任務委託給他之前，確實是如此。

心懷這奇特的念舊之情，他用漂白水擦拭桌面，擦掉天選之女的所有痕跡。

這最後的過程結束後，他穿上收在衣櫃裡的平常衣物，再不久，他又要換上清潔人員的深綠色制服。他把紅色假髮黏到頭上，戴上金屬邊近視眼鏡。出門時，他拿著鑰匙串站在門口。

我是隱形人。

現在，完美的一天可以開始了。

5

科馬奇納島是科莫湖中唯一的島，植被原始，整座島宛如浮現水面的沉船。若要前往前方的碎石灘，遊客必須順著林間的陡坡直下。春天的週末，這裡是家庭喜愛的野餐或散步地點。但在週間則顯得十分荒涼。

這個星期五早晨，清潔工為沿路的木製垃圾桶換垃圾袋。下星期，他得再回來清空袋子。他把垃圾車停在上方的空地，走下斜坡，陪伴他的只有大自然的聲響：蟲鳴鳥叫、湖水輕拍岸邊的聲音，一陣山間微風吹過肉桂樹，帶動了香氣。

清潔工一如往常，仔細又勤勉地工作。工作結束後，看著圍繞湖邊的阿爾卑斯山，他欣賞了好一會兒。這天很涼，但他很熱。他用手帕擦拭額頭。從連身褲口袋裡掏出手帕時，一個小碎片跟著掉到他腳邊。他彎腰看。

那是他從天選之女的垃圾裡找到的紅色指甲。是那件紀念品。

他撿起指甲，吹走上頭的塵土，但他忽然停下動作。這東西怎麼會在他制服的口袋裡？他原以為自己控制了一切，但這個想法第一次有了動搖。他怎麼可能錯過這樣的細節？無論原因為何，他知道他會自責很久。這是他的天性，這個錯誤會一再折磨他。在試圖理解、思考時，他發現置身此地感覺很舒服。

正準備扔掉指甲時，他突然改變主意，用手帕把指甲包起來。照理說，他應該把這東西丟在不可能讓人聯想起他的地方。但事實上，還有另一件他不知該怎麼說的事。他打起冷顫。這看來不起眼的小東西蘊藏著危險，而且，矛盾地讓他處在古怪的興奮狀態下。無法控制的情緒同樣代表著危險，於是，為了集中精神，他用長繭的手扶著柏樹樹幹，閉上眼睛，想像樹木的呼吸能幫助他找回平靜的心。

就在這個時候，他聽見叫喊聲。

他張開眼睛，警覺地四處張望。叫聲停了，他懷疑那是否出於自己的想像。但叫聲再次出現，他心跳加速，不知道發生了什麼事。他看向科莫湖。

透過樹枝間的空隙，他看到有個人在水中掙扎。

那個溺水的人離岸邊大概十來公尺。然而，在沒有風的狀況下，以這個距離應該很容易上岸。這下清潔工才弄懂，那可憐的傢伙應該是被漩渦困住了。湖中的暗流常會出人意料之外地將人往湖底拉。他一點也不想看到這個場景。這種毫無意義的死亡嚇到他，他覺得這太殘忍。但同時，他也沒辦法挪開視線。

問題是他無法克制自己。

他移動位置，好看得更清楚一點。可憐的溺水者浮浮沉沉了好幾次，在絕望地企圖自救時又嗆又咳。有一瞬間，清潔工看到對方的臉。那是個孩子，但不是隨便哪個孩子。

胖嘟嘟的孩子戴著漏氣的橘色手臂浮圈。

他絲毫沒有考慮地跑向岸邊，脫下沉重的工作鞋，和眼鏡一起丟在卵石上。他涉入渾濁冰冷但平靜的水中，努力往前行。湖水彷彿不願讓他通過似地要向他討取那條性命，拿那孩子的血肉之軀償還許久以前在垃圾泳池內的債。

但清潔工不容許這種事發生。

在水深及腰時，他潛進水中，充分施展他母親在無意間教會他的唯一一件事。游泳。

他伸長手，奮力用腳踢水，保持穩定的速度以節省力氣。

「妳看我，維拉，看我多麼強壯！」

他快速游向孩子。

距離孩子兩公尺時，他感覺到暗流拉住他的小腿，想將他扯向水流的懷抱。暗流宛如某種巨大生物的觸手，但其實不過是奪取人命的漩渦罷了。他成功地游離暗流區。但那孩子卻開始放棄掙扎：不再叫喊，手臂毫無章法地揮動，像是斷了線的人偶。清潔工好想向他高喊，要他再堅持一會兒，救星就要到了。

但孩子全身像鉛塊一樣僵硬，沉入水中。

清潔工快速吸了一口氣，跟著潛入水中，祈禱自己吸進了足夠的氧氣。他伸手探向因為藻類而呈現綠色的渾濁湖水，還搞不清自己朝哪個方向摸索時，突然摸到某個東西，於是本能地將東西拉向自己。

他抓到一隻前臂。

他握得不是太穩，但他沒時間改變姿勢。在黑暗的湖水包圍住他之前，他踢水浮向水面。他拖著一動也不動的孩子，自己的頭首先冒出水面。要知道孩子是生是死，唯一的方式是將他拖回岸上。

游過漫長的水面，他終於踩到湖底，他拖著孩子往前走，沒有回頭看。他拉著孩子的手腕，感覺到手臂鬆脫。他一定把孩子的胳膊拉到脫臼了。

一到岸邊，他氣喘吁吁地，整個人趴在碎石灘上，慢慢找回呼吸的節奏。這時他才回頭看。

那不是個孩子，而是個年輕女孩。

看到她烏黑的頭髮和孱弱的身子時，他才明白這件事。女孩趴著，黑色牛仔褲、球鞋和彩色背包顯示她並非來此地游泳。

她幾乎沒有動彈。她沒死，還有微弱的呼吸。

他沒有自問自己怎麼會把女孩誤認成五歲小孩，而是先為她翻個身，以免她窒息。一看到她的臉孔，他倏地往後退。她的五官細緻，耳朵打了耳洞，畫著眼線，貼在額頭上的一撮頭髮染成紫色。

她大概有十二、三歲。

她的眼球轉動，嘴角和鼻子冒出白色泡沫。清潔工看著她，完全石化。

染著一撮紫色頭髮的女孩停止呼吸了。她撐不了多久。

冒著自己的生命危險，看著她在這片碎石灘上死去未免太可惜。他有些難以接受。於是他鼓起勇氣坐在她身上，用雙手壓住她胸口再放開。他施壓的力道越來越重。他甚至不確定該不該這麼做。他能感覺到她雛鳥般脆弱的胸骨。女孩的肋骨像活塞一樣，先下凹才又鼓起，發出輕響。他雖然累，但仍繼續壓擠女孩的胸口，直到女孩唇間吐出水來，並發出短暫的喉音。清潔工猶豫地停下動作。接著，他發現自己的舉動有所幫助，於是繼續相同的動作。

沒多久，女孩開始咳嗽，吐出黃色液體。開始呼吸後，女孩像個壞掉的娃娃般扭動。他花了好幾秒鐘才明白她在抽搐。他想起自己可悲的童年，他就是在這樣的情況下被人送進急診處。他掏出連身褲口袋裡的手帕塞到她口中，免得她咬到舌頭。他知道自己幫不上別的忙，於是站了起來。但是他卻沒辦法離開。他站在原地，紅色假髮貼在他兩側臉頰上。這時女孩停止抽搐，張開了眼睛。她有一雙無限哀傷的深棕色雙眸。

而且她看到了他。

妳看不到我，他告訴自己，我是隱形人。

他依舊沒動，但打起了冷顫。隨後，一切來得太快。首先是人聲像是遠方的回音傳過來，接著是人影圍攏而來。

在自問這些人是誰之前，清潔工做了決定。他不能留在原地。他沒做錯事，但是他不會知道該說些什麼。他甚至不確定大家會相信他。經驗教會他一件事：千萬別相信任何人。於是他看了染了一撮紫色頭髮的女孩最後一眼。他永遠不會知道那雙看著他的空洞眼眸後藏著什麼。

他想抽回自己的手帕，但她不肯鬆開牙齒。

來不及了。他撿起眼鏡和鞋子，光腳跑向小路，認為樹木會隱藏他的行蹤。

於是他跑向自己的垃圾車，聽到那些跑過來的人在他背後大聲嚷嚷。他希望他們會忙著照顧少女而沒時間找他，但是他沒回頭確認。

他回到車邊，迫不及待地發動引擎，朝後視鏡看了一眼。除了馬路，他什麼也沒看到。

九月十九日

孩子聞到味道醒來。他認得這個味道，只是不記得在哪裡聞過。

他想張開眼睛，但他的眼皮好重，好重。他不知道自己是醒著還是仍在睡夢中。有時，他覺得自己像是陷入夢中，腸胃為之躁動，但接著又回到水面。這種感覺持續了好一會兒，像是坐雲霄飛車一樣，差別在於他處在黑暗當中。這一點也不好玩。

他頭好痛，雙眼之間像是有道鐵箍。

這個滲透性十足的味道很熟悉。像是消毒藥水，像醫院的味道。對了，我在醫院裡，他心想，又進了醫院。

「你不懂，不能繼續這樣下去。」一個變調的聲音說：「這次他及時得救，但下一次呢？我們差一點就沒能救回他。」

說話的是瑪汀娜，她是社工。她正在和某個人爭辯。

「我……我……」另一個聲音像是在發牢騷。

「我什麼？這是妳的責任，維拉。妳是他的母親，妳應該要保護他。」

她們和他在病房裡。也許是不想吵醒他，也許是怕他聽得見，她們低聲說著話。他閉著雙眼想像兩個女人的樣子。維拉穿著迷你裙搭高跟鞋，正在啃彩色指甲邊的硬皮，因為她不能點菸抽。瑪汀娜穿著球鞋，把頭髮往後梳成馬尾，高高在上，像是在對個犯了大錯的小女孩說教般和維拉說話——儘管她比維拉年輕十歲。

「我沒想到這麼嚴重……」維拉啜泣著為自己辯護。

「那妳覺得他是怎麼樣，腦袋破了兩個洞？」

「兩道漂亮的拉鍊……」

孩子想起這個聲音，在地窖裡迴盪的笑聲，鮮血的味道。他的血。

「他以前從來沒傷害過他。他說，他就像他自己的孩子。他還帶他去過動物園！」

「天哪，妳怎麼能這麼天真？或是說這麼笨！」

他從來沒聽過瑪汀娜用這麼憤怒的語氣說話。她一向溫柔而且面帶笑容。

「我怎麼會知道？我回家時，他在自己房裡睡覺。米奇幫他包紮了頭，還告訴我孩子從樓梯上跌下來。」

「他不是在睡覺，維拉。妳兒子當時已經陷入昏迷。」

維拉開始哭。

「你看見自己做了什麼嗎？是你的錯，小鬼……」

我沒有從樓梯上跌下來，他好想這麼說。

「不，我不接受。」他母親的情緒突然轉變。

「妳不接受什麼？」

「不是米奇……我瞭解他，他不可能做這種事。」

「妳為什麼幫他說話？他可能會害死他。」

「他愛我們！」

「我不在乎妳和誰上床，維拉。但如果哪天妳某個男朋友無聊到決定試試妳六歲兒子腦袋的耐受度，妳至少能提出告訴。」

「來這裡，小鬼，我們來玩個遊戲……」

地窖的拉門拉開了。那是一扇綠色的拉門。他們大手牽小手，一次走下一階。孩子溫馴地沒有抗議：愛我們的人不會傷害我們。

「米奇喝了酒會有點失控。」維拉承認。「但他不是壞人，而且每次事後都會後悔。有一次，我們吵架後他打斷了我的鼻子，但接著他痛哭失聲，我只好整夜抱著他讓他安靜下來。」

「我不曉得該拿妳怎麼辦了，維拉。真的，我不知道。」瑪汀娜的聲音聽來疲憊。「不管怎麼說，反正警察在找米奇。所以，如果他和妳聯絡，妳要通知我們，清楚嗎？」

「知道，知道了。」

「還有，好好照顧妳兒子。」瑪汀娜說：「幫他買點衣服，他現在穿的衣服都太小了。另外妳還得確保他吃夠喝夠，以他的年紀來說，他的體型太小。」

「也許妳該幫他找另一個家庭。」他母親突然出言安撫：「說不定這樣對大家都好。尤其對他。」

「妳很清楚上次的結果……」

「對，但我們可以再試一次。」

這話聽起來就像個小女孩向大人要東西，而且沒有耐心等待。但瑪汀娜堅持原則。

「沒別人可以照顧妳兒子，維拉。大家知道他的故事就會退縮。而且他現在頭上多那兩道傷痕就更難了。妳和我一樣清楚。」

我的故事，孩子在痛苦的半睡半醒中重複。我的什麼故事？

6

他回到家，慌張地關上身後的門。

他喘氣的聲音迴盪在寂靜的公寓裡。他跑著離開，直接把垃圾車留在空地上。他沒回倉庫，也沒換下衣服，濕答答的制服直接把水滴在地磚上，同樣在滴水的假髮像極了濕拖把。

我幹了什麼好事？他生氣地扯著假髮。我幹了什麼好事？

碎石灘上，染了一撮紫色頭髮的少女張開眼睛看著他。這一幕烙印在他心裡，好像她仍然看著他。或者應該說，好像她現在還能看到此刻的他。雖然清潔工從未邀請任何人進他家門，但她看得到他的樣子，看得到他的住處。更糟的是，她看到了他的內心。

我是隱形人。然而他卻感覺到前所未有的赤裸與脆弱。

通常，決定什麼時候放下面具的人是米奇。而當她們終於看懂真正的他之後，她們不會有時間理解這個大發現，因為意識和生命之光同時在她們的眼中熄滅。

這下子，一切都結束了。

如果放任她溺斃，他便不會處於現在這個狀況。他想改變命運的軌道，結果呢，現在他感覺到一股壓抑許久的情緒湧了上來。

恐懼。

為了徹底抹除自己的存在，他發誓不再屈服於如此可恥低俗的衝動。但現下，他的心跳和毫無勇氣的人以同樣的節奏跳動。

「不。」在安靜的公寓裡，他聽見一聲：「不。」

清潔工走向關上的門。米奇在門後說話，他的心跳因此立刻回到正常的節奏。

「你記得我那天在地窖裡教你的事嗎？」

他記得。透過天窗照下來的光線、松節油的味道。裝著釘子、螺絲和螺帽的木盒子。木製桌台上，擺放得整整齊齊的工具。還有開口向上的不鏽鋼虎鉗。

「那麼，複誦一下課程……」

清潔工本能地舉起雙手蓋住頭的兩側，彷彿舊傷下的古早痛楚醒了過來。

「我學會不哭，不叫。」

對孩子來說，疼痛過於強烈。看著他的臉孔上，嘴角叼著香菸。

「這是為了你好，小鬼。為了你好。」

「還有什麼？」米奇問道。

「我學會恐懼無濟於事，恐懼沒有用……因為恐懼救不了我。」

「很好。那麼，如果我們面對恐懼時讓步了，我們該怎麼辦？」

清潔工遲疑了一下。

「應該要懲罰自己。」

他很清楚整個流程。他走向廚房角落，拉開放餐具的抽屜，拿出一把鋒利的刀子。他用右手包住刀鋒。

然後用力握緊。

襲來的疼痛壓過恐懼，洗淨了他的恥辱。他鬆手把刀子扔進水槽，用抹布裹住手掌。抹布染成了濃稠的紅色。

「好極了，孩子。」米奇恭賀他。

接著他躲進綠色的門後。

7

早上剩下的時間和整個下午，他光是躺在沙發床上，雙眼毫無焦點。關於垃圾車，他必須編個藉口。他可以戳破一兩個輪胎，假裝出了意外。但現在，這不是他所在意的事。

除了因為體溫而逐漸變乾的濕制服外，他沒有其他感覺。

夜幕低垂時，充當手掌繃帶的抹布濕透了，但傷口不再流血，刺痛取代了劇痛。

他起身去洗澡。

接著，他用針線縫合傷口，再貼上繃帶保護。他為自己準備了即溶麵湯，穿著內褲和襪子坐在桌邊。他像個遊魂，下意識地把湯匙放到嘴邊。經過熱水刷洗，他的皮膚泛紅，但他洗不掉湖水的味道，停滯的湖水彷彿浸透了他的血肉。他能容忍，但是這很累人。喝完湯，他洗了盤子放回櫥櫃，然後和每個夜晚一樣，拉開沙發床，拿乾淨的床單鋪床。接著他熄燈，躺下睡覺。

他閉上眼睛迎接睡眠。

他搜尋著平常能幫助他放鬆的噪音：屋頂上水塔的聲響。他聽到水塔震動低吟，想像在防火裝置噴嘴上方的水塔像鯨魚那樣唱歌。經過這麼多年，噴嘴大概故障了，就和這棟無人照管建築的其他裝置一樣。然而，想到隔著幾公分的混凝土上方有一大槽水，他就覺得安心。

那就像頭上有座游泳池。

但這天晚上，水塔靜悄悄的，好比無聲的警告。

根據他的計畫，完美的一天應該要以一夜好眠收尾。他應該要倒頭就睡，再神清氣爽地起床。在藍色夜總會的昨晚之後，這天的休息，是獎勵他事前幾星期的仔細研究和準備。但這天早上發生的事抹除了一切，包括他理所當然的疲倦。從前的生活似乎變得很遙遠。而且，他還覺得自己損及了他和米奇之間的合作關係。此外，儘管他難以承認，他心裡還有疙瘩。他不知道那是什麼事，但疙瘩就是在。

他突然有個想法，因為實在推不開，他只好張開眼睛。

沒必要拐彎抹角了；他徒勞無功地試了一整天。他再也不能假裝沒事。他想知道染了一撮紫色頭髮女孩的事。他不在乎她是誰，為什麼又怎麼會在湖裡。問題不在這裡。

他想知道的，是她是不是平安？

他把她丟在岸邊就跑。雖然他看到有人跑過去，卻不知道接下來的過程。

「好了。」米奇鎮定的聲音從綠門後傳出來敦促他。

「如果她活下來，她會記得我。」他嘆著氣，心想：「如果她死了，會有人找我釐清事情的經過。」

無可避免的，他的命運和另一個人的糾纏在一起。這比他願意或想像的更讓他擔心。他沒辦法置之不理。

「你知道你該怎麼做……」

「不，我不知道。」

但這不是真的。他知道。他隱約知道。

「我們沒有太多時間。他們遲早會找到這裡。」

這個念頭嚇壞了他。但米奇說得對，那是唯一的解決方式。

他掀開被子爬下床。

8

晚上十一點，他穿著深色衣服出門，用一頂黑色棒球帽遮住光頭和臉孔。

他必須找到那個女孩。

他沒有網路，不知道當地媒體是否報導了早晨的意外事件。他甚至不知道她被送往哪間醫院。他唯一能做的，是一間一間察看。他去了離溺水事件最近的梅納吉歐醫院，也去過瓦爾杜斯醫院，但都沒找到人。在十二點五十分左右，他搭上前往聖安娜醫院的空巴士，過站後下車，然後往回走一站回醫院。

在醫院前面，他看到一小群攝影師和錄影師，他們顯然在等某個人。這裡肯定有新聞。這些人的出現讓他緊張，但同時也表示他可能找到了正確的地點。

他避開正門，走特殊廢棄物清運車的東側出入口。他把市府工作人員證件給崗哨裡的警衛看，後者什麼也沒問就開了門。

他到過聖安娜，夜裡也來過，如果不是為了工作，就是來偷藥品或醫療材料——比方他用來縫合手掌傷口的可吸收膠原蛋白手術縫線。他走向無人的員工更衣室，挑了個置物櫃，用從口袋裡掏出來的螺絲起子撬開掛鎖。他脫下自己的衣服，換上服務人員的藍色制服，甚至穿上鞋套和塑膠帽，並且小心翼翼地遮住自己的傷口。接著，他從儲藏室裡拿出一輛清潔車，搭乘病床專用的電梯。

他算準醫院晚上人比較少。儘管如此，他還是沒多少時間找出那女孩。

他把焦點放在加護病房和重症病房。

醫院裡，整個環境都經過消毒，所有人員也都戴著口罩。他模仿這些人，免得有人看到他的臉。

他啟動自動洗地機，機器刷子旋轉的嗡嗡聲響和呼吸器及心臟監視器的跳動完美結合在一起。

他邊洗地邊檢視病房。有些病房住了四個病人，大多是男性或年長的病患。這些人就像氦氣氣球，隨時準備飄走；如果仔細看，會發現只有一條細線將他們繫在這世上。

在這個鬼魂的小型遊樂場的走廊盡頭有間單人房。

她並非獨自一人。一名護士記錄下她的生命指數後，把記錄本掛在床架後走出病房。護士應該沒有看到清潔工。他等護士走遠，才留下機器，但他沒有停止機器的運轉，免得破壞和諧的音效。

他走進病房。

染了一撮紫色頭髮的女孩正在睡覺，睡得很平靜。院方可能使用了鎮定劑。她的口鼻罩著氧氣罩，病房裡有一部監測她心跳的機器，會在她醒過來時發出聲響。但目前機器發出規律的嗶聲，於是清潔工走向病床。

她的頭部略略抬高，黑髮散落在枕頭上，身上穿著薄襯衫。她雙臂平放在身子兩側，左手接著兩條點滴管。她的頸部線條細緻，胸口包紮著繃帶，包覆住他將她拖出湖面時脫臼的肩骨。顯然，在他為她按壓胸骨讓她吐水時，也壓裂了她幾根肋骨。此外，她的腳踝還上了夾板。

走近她身邊，他才看到她細薄的皮膚上佈滿了瘀痕，那是她在致命暗流中掙扎求生留下來的痕跡。他仔細打量那張他已經記不太清楚的臉孔。他仍在自問，為什麼他會有救她性命的本能。原因不只是因為他一開始把她當作兒時的自己，如果是那樣，他大可在意識到錯誤後將她丟在岸上置之不理。對他來說，一切都好混亂。他一向是邊緣人，在非必要的狀況下，拒絕與人接觸。那麼他為什麼為這個小女孩破例？她沒有什麼特別之處。他知道自己這些想法很危險，不能讓米奇知道他有這些疑問。

有人在女孩床邊的小桌上放了一張裱框照片。如此一來，她若張開眼睛就會看到一張能讓她放心的照片。照片上是一名四十多歲的男人和一個稍年輕的女人，兩人一左一右圍著女孩。這對男女顯然是她的父母，男人俊女人美，皮膚曬成健康的顏色，面帶笑容。清潔工每次看到家庭照片時都會想：這真是保存幸福的奇怪方式。這些人當真以為他們能把自己的感覺凝結在照片上？他從來沒照過像。即使在工作證或身分證上，他也用和自己長相相似的陌生人照片。

他看見椅子上有幾個裝著女孩物品的透明塑膠袋，認出其中一個袋子裡裝著他在女孩抽搐時塞在她口中的手帕。他拿回手帕，突然想起他包在手帕裡的那截紅色指甲。

那件紀念品。

他攤開手帕，當然，指甲已經不在裡面。他思考這個粗心的錯誤可能會帶來什麼後果。那截指甲應該是掉到水裡或在岸上，他想。去尋找已經沒有意義。這件事已經給他帶來太多麻煩，他邊想邊把手帕放進口袋裡。

該是結束這個麻煩的時候了。

他走向放著藥品和電擊器的推車，相信能在推車上找到他要的東西。

乳膠手套。一支針筒。一小瓶胰島素。

他的視線沒離開房門，手上準備大劑量的藥物。沒有人會注意到病患腳趾之間的小小紅點。不出幾秒，清潔工和女孩之間的連結就會斷開。他們兩人都會得到自由。永遠自由。

他回到病床邊，估計自己在心跳監測器偵測到不正常加速並發出警告前，只需不到兩分鐘就能遠離病房。他決心完成這個任務。他一手垂直拿起針筒，另一手掀起床單。

他往前傾身，手還沒落下就停止動作。

女孩小腿內側有個褪色的字跡。

那是一串用原子筆寫下的數字。

清潔工放開床單，驚嚇地往後退。他打著冷顫。這一眼足以引發他無法控制的連鎖反應。

他明白自己永遠沒辦法對女孩下針。

9

凌晨六點，車站的咖啡吧開始出現人潮。

清潔工坐在靠裡面的一張桌前，面前的髒杯子是前一個客人留下來的。他雙手插在灰夾克的口袋裡，頭上仍然戴著棒球帽，雙眼審視著吧檯前來來去去的客人。沒帶行李的是上班族，在進辦公室前來這裡快速吃個早餐。而旅客呢，他們邊喝咖啡邊看時間，好及時走到月台。清潔工自問：他們從哪裡來，要到哪裡去？他們離開後會再回來，還是永遠離開這個地方？他們住在哪裡？是來向某個人道別，還是說，有人在某個地方等待他們？

他沉浸在自己的思緒裡，偶爾抬眼看掛在牆上、正在不停重播新聞的電視。他已經很熟悉新聞的播放順序了，知道在國際新聞後，他會再看到他在醫院那張照片裡看到的那對男女。

在諸多閃光燈和麥克風的包圍下，染了一撮紫色頭髮女孩的父親在聖安娜醫院的出口發表聲明。他的聲音和到站和離站車次的廣播結合在一起。

「我希望能認識冒著生命危險拯救我女兒性命的人。」他攬著激動到無法說話的妻子，說：「我不知道他為什麼要匿名，但我尊重他的選擇，但身為家長，我希望我有一天能和他握手。」

這些話，清潔工聽了好幾次，但每次都有種不對勁的感覺。他知道自己不聰明，但他仍然有能力預料後果。

「我不知道他為什麼要匿名……」

這句話會讓別人對他心存懷疑。無疑地，有些人會懷疑他的出發點純粹是高尚，或其實這個好心人有所隱瞞。

他們會來找我，他確定地這麼告訴自己。米奇說得對。他們會找上門來。同時，他也責怪自己沒能在醫院裡殺死染了一撮紫色頭髮的女孩。他搞砸了唯一的機會。米奇不會高興的。

「我們的女兒很快就能恢復健康。」電視上的男人繼續說明。

這男人散發出力量和安全感。清潔工不知道他是誰，也不知道記者為什麼會對這件事這麼感興趣。他猜，對方應該是重要人士，不知對方的家庭是否能平安度過這樣的變化。這一點不容忽視。清潔工心想，在找到滿意的答案之前，記者不會放棄這個故事。看到咖啡吧裡這麼多客人對這件事的興趣，他知道事情不會這麼快結束。

記者會這麼感興趣，還因為他們其中有一個人提出有關意外的問題。女孩的父親回答時，臉上飄過一陣陰影。清潔工注意到這個表情，立刻認出那是恐懼。

「她用手機拍照時滑進湖裡，還折斷了腳踝。」男人勉強打起笑容回答：「可能是想自拍吧。」

這名父親最大的恐懼，是事發經過與他的敘述不同。事件的不確定性折磨著他，保護女兒的必要，隱藏了他對真相的恐懼。

而清潔工可能掌握了謎團的解答。

多麼諷刺啊。女孩的父親不可能知道，一個坐在車站咖啡吧桌邊的無名陌生人，比任何人都瞭解正在吞噬他的懷疑。這名父親沒辦法想像一個和他、他的家庭、平常往來對象如此不同；一個和他以完全不一樣的方式理解世界的人，竟會擁有他感興趣的東西，並且能在瞬間粉碎他的水晶宇宙。

這東西就是：答案。

清潔工必須找出個好理由來證實自己的理論。但這表示他必須再次涉入溺水事件，朝光明靠近一步。他不確定自己是否想離開黑暗帶給他的舒適。這就是為什麼他會在咖啡吧裡坐了一小時的原因。

他必須決定，最好的解決方案是不是隨機搭上任何一列火車，永遠消失。

在內心深處，他其實已經做了好幾次決定。就讓一切留在原狀吧。一間公寓、一些沒有價值的物品、衣櫃裡的幾件衣服。他們不可能找到任何把柄，更不會有人提出問題。

他連綠色門後的一切都不必擔心。

一開始，人們會自問這是怎麼一回事，但既然無法理解，他們就會放棄。

不必說，他也必須忘了他。到另一個城市，找另一個住處，將另一扇門漆成綠色，然後把他的秘密拋在後頭。一切重新來過。他在科莫湖邊停留了十年。他從未在哪個地方停留過這麼久。這樣應該足夠了。

在他明白自己已經做出決定後，他站了起來。因為以同一個姿勢坐太久，他坐到手麻，但說不定這是來自他肩膀上的壓力。他低著頭以免引人注意，離開咖啡吧後走向通往月台的走道。

人潮和他擦身而過。沒有人知道眾人中的這個個體是誰。在從他人視野中消失以前，他不過是個透明斑點。有時候，他會自問如果人們看到他——即使一眼也好，不知會作何反應。少數幾次，清潔工會決定讓自己淹沒在人群當中，但這是為了重新體驗自己的隱形能力。

然而這次的情況不同。

這天早上他躲進車站的真正理由，是因為在這裡能找到公共電話。而他要撥的電話將會影響他是否要留在科莫湖的決定。

他拿起話筒，投入幾枚硬幣，撥打寫在女孩小腿上的號碼。

電話像是響了無限久，最後，終於有個男人的聲音回應他。

「你好……」

清潔工沒說話，他光是等待。

「你好，」對方帶著氣說：「你是哪位？」

他知道我在這裡，他聽得到我的呼吸聲。

「你是誰？」

清潔工掛斷電話。這幾句話足以讓他認出對方的聲音。

你想認識我，不是嗎？嗯，就這麼說定了。

十月二十二日

「會再長出來，對不對？」

瑪汀娜心有旁騖，因為她正在幫他準備行李。

「什麼東西？」

孩子站在窗前，但他看的不是病房窗外來來去去的人。他的目光焦點在前面，落在窗玻璃自己憂鬱的倒影上。

「我的頭髮會再長出來嗎？」

瑪汀娜走向他。

「當然會再長出來。」她安撫孩子，一邊輕撫他蓋著薄被的腦袋。

「那傷痕呢，會消失嗎？」

「恐怕不會。」她以一貫真誠的語氣說。這樣的語氣為她贏得孩子的信任。「但是在你的頭髮長出來後，傷痕就看不見了。在這段期間，我買了禮物送你。」

這名社工去翻他的行李，從裡頭拿出一頂棒球帽為他戴上。

「你很可愛。」

孩子再次看著玻璃上的倒影。他不怎麼相信，但他沒說話，不想讓她難過。今天是個重要的日子。瑪汀娜很開心，因為經過了一個月，他終於可以出院。但他不知道自己是否該高興。

「妳相信天堂嗎？」

「有時候。」瑪汀娜問：「為什麼這麼問？」

「如果人死了，但沒有人知道他的名字，墓碑上該怎麼寫？」

「上帝知道我們是誰。」

「我被送來這裡的時候，沒有人知道我叫什麼名字……」

他記得急診室裡的人全都在大吼大叫，他抖得太厲害，醫師們不得不在他嘴裡塞個東西，以免他咬到舌頭。但這害他沒辦法說出自己的名字。沒有人知道他叫什麼。他獨自一人。

「但現在這都結束了。」瑪汀娜沒有反駁他。

其實，離開這個地方，他還算高興。他再也受不了消毒藥水的味道，而且他很哀傷。

「我一定要回家嗎？」

「我幫你們找到一間比較大的公寓，你可以有自己的房間。」

「維拉不要我。我聽到妳們說話……妳們以為我睡著了，其實我是醒著的。」

妳們以為我死了，其實我還活著。

「你母親話很多，這你也知道。但現在她找到了工作，可以照顧你。情況會好轉的。」

「那米奇呢？」

這個問題像是擲向池塘的小石頭：立刻消失在水面下，但大家不能裝作不知道，因為石頭激起了漣漪。

「維拉答應過我，你再也不會見到他。」瑪汀娜鄭重地說。

「我不相信。」

「警察在找他，我想米奇不會希望被人找到。」

「警察找不到他的。」

他深信自己的話，眼眶跟著泛淚。

「你不必害怕，米奇不會再傷害你了。」

瑪汀娜不知道，但米奇就像他母親身邊的其他蒼蠅一樣。

「如果我和維拉待在一起，他就會回來。」

「不會的。」

「妳發誓？」

社工猶豫了。他看得出來。「你發誓」這幾個字就可以堵得大人無話可說。孩子雖然才六歲，但他已經明白一切如何運作。如果你想知道大人是不是在說實話，就要對方發誓。但瑪汀娜和維拉不一樣，瑪汀娜不愛說謊。

瑪汀娜坐在床上，打個手勢要他過來坐在她身邊。他乖乖照做。

「我們這樣做。」

她抬起他一隻腿，拉起褲管，脫掉他的襪子。接著她拿了一支原子筆，在他腳踝上方的皮膚寫字。孩子不知道她在做什麼，只感覺到愉快的搔癢。

「這是我的電話號碼。」她解釋。「你不要擦也不要洗掉。反正我每星期都會來看你和維拉的狀況，如果有必要，我會再寫一次。」

「這有什麼用？」

孩子雖然這麼問，但他覺得這是好事，也放下了心。

「這是我們的秘密。如果有事，你就打電話給我，或是把電話給人看，讓對方幫你打電話給我。我會馬上到。」

「如果我死了呢？」

瑪汀娜沒說話，於是孩子替她回答：「如果我死了，至少妳可以說出我的名字。」

10

冷凍櫃裡有一罐酸黃瓜。

她在中學裡為女學生解釋，並且在她們成長時不斷重複。重點是讓她們瞭解這句話的重要性。沒有人知道這句話會不會派上用場，相反地，大家都希望這種事永遠不會發生，但終究要知道這種可能性。還有一個重點，千萬不能和男性談起。這是女人間的秘密。

冷凍櫃裡有一罐酸黃瓜，這是個信號。

如果這一帶的超市有員工在冷凍櫃裡發現一罐酸黃瓜，必須立刻向管理單位報告，而後者則需告知她。所有中間人都不知道這個作法的目的。但捕蠅人會因此知道，在某處，有個女人遭遇到危險。比方她飽受家暴但無法投訴、受到伴侶威脅，或最糟的狀況：她遭到綁架。

捕蠅人獨自行動，她會負責釋放這些囚犯。一個星期以來，她嚴密監視郊區的一間超市，因為管理單位通知她，不尋常的事出現了：冷凍櫃裡有罐酸黃瓜。

她整天在陳列架間逛來逛去，假裝採購，但其實她一直在觀察客人，希望能找出發出求救信號的人。如果那女人再回到店裡，捕蠅人會認出她來。當然了，女人不可能在身上掛上「我是受害者」的牌子，但這種事一定有跡可尋，例如瘀青、傷口或骨折，或是在大熱天裡披著圍巾或穿外套、戴著過大的太陽眼鏡。

一旦發現受虐婦女，捕蠅人會尋找和對方視線接觸的方式。四目交接後，女人會知道出口是存在的；而捕蠅人會在對方的眼中看到混亂、無力感，尤其是恐懼。

施虐者都很謹慎，而且許多女人不能打電話也不能上網。無論如何，她們大多無力透過上述方式求援。能在冷凍櫃裡留下一罐酸黃瓜，她們已經跨出了一大步。一般來說，在她們受虐的世界裡，犯下極小的錯誤——甚至打破盤子——都會受到懲罰，酸黃瓜一定和酸黃瓜擺在一起，冷凍食品歸冷凍食品。她們絕對不會冒著遭受拳打腳踢的危險破壞秩序。

說起來，打亂陳列櫃的秩序，是反抗的第一步。

然而，這個星期一，捕蠅人卻逐漸失去樂觀的心情。幾天以來，她幾次裝滿購物車，然後在兩小時後又重新開始。因為站太久，她開始腰痠背痛。更別提缺乏尼古丁帶來的疲乏，她不可能每二十分鐘就出去抽菸休息。自從這次監控開始後，她的菸量大減。而和每一次一樣，她的回饋是嚴重咳嗽。

她今年五十三歲，一點也不為健康問題操心。

她不特別照顧身體，她對這種事沒興趣。她的心理師老是說她走在憂鬱的邊緣。但經過三年的療程後，本該讓她徹底崩潰的內心糾結仍然沒有出現。相反地，當她渴求寧靜時，卻備受遲來的更年期症狀折磨。捕蠅人不怕老、不怕皺紋也不怕發胖。從前，她曾經是個美麗的女人，但那個階段已經結束，而她絲毫不後悔。

為了方便，她剪短了頭髮。至於化妝，她連想都不去想。而且她只買穿來舒適的衣物。

時間來到兩點差一刻。通常，超市在下午一點過後就沒什麼人了。家庭主婦都回家去準備午餐，只剩下少數單身男女和年長的女人利用這個安靜的時間研究當週的促銷活動。於是她決定自己值得來根菸。然而，當她靠在購物車按摩痠痛的腳時，短暫地抬眼看向陳列早餐的架子。

二十五歲，模特兒的體型；這個女人戴著棒球帽，揹著路易．威登的大皮包，身穿長至膝蓋的厚T恤。她遲疑地站在早餐穀麥片的前面。捕蠅人注意的不是她，而是她的伴侶：蜂蜜色的長髮塞在耳後，T恤外搭著背心，腳踩名牌球鞋，是典型的危險帥哥。愛上他絕對會後悔。

男人雙手環抱在胸前，直盯著他的伴侶看，目光宛如皮鞭。這只是印象而已。她沒看到年輕女人身上有任何傷痕，但就算有，也可能被她的衣服遮住。除了年輕男人的態度外，這對男女沒有任何可疑之處。

然而，這當中有點不對勁。捕蠅人的想像力開始奔騰。

對這間超市來說，他們身上的衣服太昂貴。他們應該住在市中心。她說服他來這裡買東西，但他不高興。他自問他們來這種專供移民和家庭主婦採買的地方做什麼。而且，這已經是他女朋友第二次來這裡了。他要她付出代價。

捕蠅人決定為自己的假設找出佐證。

她推著自己的購物車走向他們。到了乳製品部門，她伸手穿過兩人間的縫隙拉開冰櫃門，拿出一瓶牛奶。在那一瞬間，她看著女人，希望對方發現她的目光。她們的視線交錯，但時間太短，不夠讓她發送訊息。於是捕蠅人轉開牛奶瓶蓋，突然轉身。

白色的液體潑得年輕男人滿身都是。

「對不起，我沒看到牛奶瓶蓋開著。」她開口道歉，假裝忍住竊笑。

他的反應一如她的預料。他本能地舉起手、握緊拳頭，但最後還是忍住了。三人間出現冰冷的氣氛，誰都沒說話。但稍早的一幕，女人全都看在眼裡。

「沒事，不嚴重。」年輕男人說，但頸部跳動的血管顯示出壓力。

他沒說出口的警告很清楚：從我眼前消失。

「我遇過這種事。」捕蠅人沒走開，堅持繼續說下去。「只不過上次是一罐酸黃瓜。」

聽到這幾個字，年輕女人打了個冷顫，但仍然沒有開口。她從厚T恤的口袋裡掏出面紙，以替男朋友擦拭衣服當藉口讓他轉身，帶他走遠。

捕蠅人聽到走遠的男人說：「妳別管，我自己來。」

捕蠅人達到了一部分目的。她走出超市，找出這對男女的車子——那只可能是讓周遭顏色盡失的白色保時捷。她點了根菸，等他們出來。她沒等太久。

到了外面，年輕男人終於盡情釋放怒氣。走在他前面幾步的年輕女人眼睛直盯著地上。

「給妳自己找別的牌子的穀麥片，因為我再也不會回這鬼地方來。」他說。

他們從捕蠅人面前走過時，她扔下菸蒂，跟了上去。

為了引起他們的注意，她說：「嘿。」

金髮男人轉身，驚訝地看到是她。

「現在又怎麼了？」

她在口袋裡找出一張五歐元鈔票。

「我很抱歉，想幫您出洗衣服的費用。」

男人猶豫著，不知道該叫她走開還是嘲笑她。

「不需要。」

這話表示：別招惹我。

但她往前走了一步，接近她心理師所謂的「防衛區」，也就是暴力傾向分子認為自己有權攻擊的範圍。

「我堅持。」

「妳別再來煩我了可以嗎？」年輕男人惡狠狠地說。

他女朋友嚇得不敢動彈。長了一張天使臉孔的年輕男人脾氣快要爆發了。

「我覺得很罪過。」捕蠅人想把鈔票塞進金髮男人牛仔褲的後口袋。

「別碰我，妳這骯髒的死拉子！」

拉開距離的年輕女人看著這一幕，嚇得幾乎不敢動彈。很好，她心想：如果她看到他能對另一個女人做出什麼事，也許她會明白他並不真的愛她，從而找到勇氣，做出比在錯誤場所留下一罐酸黃瓜更重要的決定。比方說，提出告訴。

捕蠅人放開年輕男人的手臂，以便拿出自己牛仔褲口袋裡的東西。一開始，他沒發現她的舉動，但看到之後，他的表情改變，怒氣消失。

他看到抵著他褲襠的彈簧刀刃。

「抱歉了，親愛的。」她的喉頭彷彿著了火。

蒼蠅落網了。但現在，她得照顧年輕女人。她看向女人。

「沒事了。」她安撫女人，一邊遞出自己的手機。

女人的男友憎惡地瞪著她。

「妳認識她？」

她猶豫了一下，看向手機。

「不認識。」

「賤人，妳認識她。」

捕蠅人打斷兩人的對話，說：「妳可以提出暴力罪的告訴。」

加油，我親愛的，拿起這支手機撥打電話。現在正是永遠擺脫這個混蛋的機會。妳只要給個理由就好，再小也沒關係。妳只要向我求救就好，只要妳開口，後援馬上會到。

但年輕女人猶豫了。

「我們可以讓這一切結束。」捕蠅人說。

然而，就在這時候，女人原本溫柔的表情一變。

「妳是誰？妳想要我們怎麼樣？」

「我們」代表失敗。突然間，這對情侶變得好相像。捕蠅人瞭解自己救不了她。女人長期處於屈服狀態下。馴服的動物會舔馴獸師的手，在鞭子下低頭。捕蠅人失望地打出最後一張牌。

「第一次，他只是打了妳一耳光，而妳原諒他，妳告訴自己他不是那種人，只是喝多了。第二次，妳多花了一點時間才不再怨恨，但接著妳把問題推到壓力上。第三次是妳的錯，至少妳是這樣告訴自己：妳惹毛了他，因為妳真的惹得人心煩。但與此同時，他下手越來越不留情，很快就演變成拳打腳踢，妳再也不知道該如何掩飾瘀青，連粉底都遮不住。有時候他會哭，會請求妳原諒他。妳和他做愛，希望能忘了一切，但同時妳也祈禱自己不要懷孕。妳換來的，是因為羞恥和瘀青而再也不照鏡子。不過妳放心，有問題他會解決，他會抓著妳的頭髮打妳的臉，打到妳頭破血流……」

她收起刀刃，注意年輕女人的姿態出現難以察覺的改變，她駝著背、不再抱持幻想。捕蠅人用眼神懇求女人找回她到目前為止仍然缺乏的勇氣，但事實證明，那只是捕蠅人自己的希望。

現在妳又孤單一人了，捕蠅人心想，孤單地和他在一起。

她咬緊牙關轉身離開，經過保時捷時，她對著車牌拍下照片。這時，她的手機突然震動。有人留了語音訊息給她。她打開聽。

「到奈索去。」有個女人說：「今天早上，科莫湖裡浮出一隻人手。」

11

科莫湖長達一百四十五公里，湖岸彎曲，使得往來交通更形複雜。

捕蠅人開著一輛雷諾小型車，朝科莫湖的東岸駛去。這輛綠色小車的車齡超過十五歲，除了該進廠維修外，還應該好好清洗一番。她在散落在副駕座上的傳單之間摸索香菸。這些傳單是她自己下載列印的，她還在上面標示超商和醫療院所的位置。

一個電話號碼，IG頁面上的地址，臉書貼圖中一棟沒有窗戶的房子，上面的標語是：出口就是妳自己！

捕蠅人精神緊張，她需要抽菸。她只是聽從線民的訊息指示，不知道等在前方的會是什麼情況。

黝黑的湖水中有隻手臂。浮出一隻人手。她實在很難相信。

捕蠅人厭惡科莫湖，她完全不瞭解為什麼有那麼多人來這附近定居。這些人來自世界各地，在貝拉吉歐購置別墅。而從前的漁村瓦倫納如今成了潮人集中地。百萬富翁和電影明星佔據了這些寫滿歷史的地方。但他們撐不了多久，遲早會有某種因素，驅使他們離開這些老是拉下窗簾、不但有花園還有私人碼頭的湖邊豪宅。

生在這些地方的人反而沒辦法離開。

捕蠅人試過。她曾經搬到遠方城市的公寓。但沒多久，湖就回頭來找她，她能夠從洗手台下的水管中聽到湖水的呼喚。神秘的流水聲伴隨著刺鼻的味道，彷彿在邀請她加入古老的汩汩流水。當她解釋給水電工聽時，他像看瘋子一樣打量她。都是湖的關係，科莫湖在她孩提時代就浸入她的骨頭。這裡的人還沒出生就喝了湖水，所以，他們屬於這座湖。

於是捕蠅人回到老家。

五年了，她專注於自己的任務，在為時已晚之前找出遇到困難的女人。她提供了機會，讓這些女人得以逃離有害、變態的關係或災難般的婚姻。她有時能成功，有時則會碰到不好的結局。她從未對受害者假以顏色。儘管她看不起那些認為受虐婦女是「內心深處自找苦吃」的人，但她深信，那些女人當中，一定有些並非完全無辜。就像那名在超市的年輕女人一樣，在求救後又為了便宜行事而退縮：這不只是她的讓步，貪求對開白色保時捷金髮男人給她的奢華享受而已，男人要的是操弄她的存在。天下沒有一定的事。

捕蠅人相信，拳頭不會讓人服從，只會讓人懶惰。

最常見的情況，是害怕改變的心勝過對暴力的恐懼，許多女人徒勞地等待她們的加害者個性轉變成溫柔體貼，卻不想想，這種事永遠不可能發生。

這也就是為什麼當她的線民打電話報線索時，她總會告訴自己：又是個沒有自己找到出口，或是不懂得想像自己死亡的女人。

她在下午四點到達奈索，這個村莊高居在丘陵上，一道岩石深谷將村落一分為二；之所以會形成深谷，是因為有兩條河流在注入科莫湖前於此地合而為一，並形成兩百公尺高的瀑布。

捕蠅人將小車停在觀景台附近，走下通往西維拉橋的三百四十階樓梯，這座橋的歷史可以追溯到羅馬時代。除了她，這地方沒有別人。她路過俯瞰深谷幾座房子的門廊時，瀑布的水聲越來越響。接著，她聽到最下方的小碼頭有人在說話。

碰到這個類型的犯罪，她總是會遇到相同的人。

一名長年為當地電台撰稿的自由記者正站在警方的充氣小艇旁。他身上老是有股汗味。

「這對我一點用處也沒有！」他以嘶啞的聲音抗議。

「但是我可沒打算花上一整晚的時間。」法醫西爾維回答。

西爾維是個消瘦的男人，大約六十多歲，大家稱他「死人的醫師」，因為他會出現時，病人都已經不需要治療。

「我至少得寫五千字才能賺到我的四十五塊歐元。你給我的資料頂多只能寫出一小段。」記者抱怨道。

「這不是我的問題。」醫師幫忙潛水人員脫除氣瓶。

兩名潛水員中其中一人——一名年輕的巡官——首先看到捕蠅人。

「是誰通知您的？」他問話的語氣中充滿懷疑。

捕蠅人揮動雙手打招呼，踩著自信的步伐走向他們。

「女性主義的大明星來了。」記者嘲笑地說：「我就說現場少了一個人嘛……」

太陽在湖對岸往下落，逐漸拉長的山影覆蓋著他們。冷冽的寒意並非因為溫度，而是犯罪現場特有的凝結感，即使在夏天也一樣。

「你們撈到什麼東西？」捕蠅人走到小碼頭的盡頭。

「沒有妳感興趣的，妳可以走了。」法醫回答。

「我聽說有一隻手臂。是女人的手臂嗎？」她指著放置撈獲物的小鐵箱問道。

西爾維翻個白眼。

「那當然了，連我都還沒拿到樣本的檢驗結果，有人就猜想受害者是女性。」他惱怒地說。

「身體的其他部分呢？」

「完全不知道……」

沒有人接下去說。

他們冷漠的態度讓捕蠅人深感驚訝。

「你們會發出警告嗎？」

「做什麼用？」巡官驚訝地問。

「警告有人在外面以肢解婦女為樂。」

這句話換來一陣狂笑。確實，她受夠了大家不把她當一回事，氣憤之餘，匆促地做出結論。

「其實我們已經知道這是怎麼一回事了。」記者打圓場。

她看著記者。他是認真的嗎？

「是誰下的手？」

「這座湖。」法醫回答她，接著又對記者說：「把這個你不感興趣的故事告訴她。」

「每隔兩三年，這座湖會送給我們一隻腳、一條腿……有時候甚至是一顆腦袋。」

「我才不相信。」捕蠅人說。

法醫興致勃勃地要記者繼續說：「把那個德國觀光客的故事告訴她……」

「對！湖會吐出屍塊，先是耳朵，接著是手，然後是軀幹。」

「我們會像拼圖一樣把屍塊組合起來，然後把幾乎完整的屍體還給那個觀光客的寡婦。」

西爾維接著確認。

他們又笑成一團。他們覺得自己有權開玩笑，因為對他們來說，這隻手臂不過是個物件。沒有臉孔也沒有名字，這讓他們無法同情受害者。

「這些是投湖自殺者的遺體。」巡官結束這場離題的對話。「他們從上面跳下來時撞到岩壁，水流會完成接下來的步驟，把屍體打上岩石或往下拉到湖底。」

「你們怎麼能確定這隻手臂的主人是自殺？」

「我們不確定。」巡官說：「但這是最可能的假設。」

「你們的意思是，你們不繼續潛水尋找這可憐女人屍體的其他部分？」

「到目前為止是這樣沒錯，這一帶有一處四百公尺深的坑洞，」他轉過頭，平靜地看著湖水，說：「要下潛不容易，下面光線太暗，而且沙底渾濁。稍有不慎，我們可能會激起湖底的沉積物，導致我們自己什麼都看不到，甚至失去方向。」

捕蠅人認命地嘆口氣，接著才又看向箱子。

「我可以看看裡面的東西嗎？」

記者反胃地搖頭，說：「我要走了。」

巡官點點頭，於是法醫打開彈簧鎖，拉開箱蓋。

捕蠅人往前跨了一步。說實在，她寧可錯過這一幕，但這名陌生死者至少值得有人不帶厭惡地看她一眼。畢竟她也是人。

「白人，六十來歲。以組織的保存狀態和典型的撕裂傷來判斷，她在水中起碼有二到三天。肢解的位置在右肩，傷口的狀況讓我們無法做出曾經使用過工具切割的結論。」

沒有人將她肢解成屍塊，捕蠅人簡化法醫的術語。否則肱骨頂端周遭的神經、血管和皮膚會被整齊地切開，而不是扯下。但這無法排除謀殺案的可能性。

「死亡原因：無可抗拒的不知名力量。」

最後這句話是常見的結論，碰到暴力死亡案件，法醫通常會做出這個結論。這句話，也常用作警方報告的結語，或查無罪犯的宣判之結論。最常見的案例，一般與屍體損壞程度嚴重到無法辨認身分有關。

也因此，在死者無名的情況下，捕蠅人仍想在手臂上找出能供她找到死者身分的細節。找出一個特殊記號，透露出這個女人曾經活在人世，曾擁有房子，有感情關係。然而，在因為連日泡水而顯得蒼白的受損手臂上，她只看到塗成紅色的指甲。

她注意到其中有根指甲折斷了。

12

切諾比歐的湖畔有座豪宅，遠看像個裝飾華麗的舊盒子。別墅的大窗開向花園，而花園裡種植著以幾何形狀排列的樹籬，以及許多株扁柏和玫瑰。這個花園裡有石凳也有噴泉。

清潔工在不遠的高處觀察這棟房子，試著想像裡頭的人過著什麼樣的生活。他的世界，和眼前的豪宅世界天差地遠，以至於他不曾想過這種問題。他知道，要得到答案，光是踏進豪宅的大門不夠，還必須誕生在大門正確的一側。在他對世界的簡單看法中，富有的人一定幸福。他沒料到的，是前天的事件改變了他的看法。

「她用手機拍照時滑進湖裡，還扭斷了腳踝。」在醫院前面，染了一撮紫色頭髮女孩的父親這樣回答記者。「可能是想自拍吧。」

但他女兒小腿上的電話號碼所敘述的，是另外一個故事。

清潔工不知道自己到這棟房子前面來做什麼。然而，一股無以名之的衝動，迫使他來尋找屬於女孩的秘密。雖然早上他打了電話請假一天，但他仍然穿上了自己的綠色制服。

他只知道一種挖掘他人秘密的方式：從垃圾桶裡翻找。

人很脆弱，他心想，他們犯了錯之後又覺得羞愧，因此才必須隱藏自己的真實面。但他們經常會忘記一個細節：在編造謊言時輕率丟棄的東西、在虛構故事時製造的垃圾，都會揭露真相。

富有人家特別擅長隱藏垃圾，免得惡臭波及他們周遭的光彩。屋主有一座自動廚餘機，其他的垃圾桶則是放在距離主屋一段距離的地方。收垃圾那幾天，傭人會把垃圾桶拿到側門外。清潔工研究該如何取走垃圾的內容物，而不被監視錄影鏡頭發現。看來不容易。他應該要放棄，但他不知為何就是沒辦法放手。

他相信，染了一撮紫色頭髮的女孩想要傷害自己。她不是意外跌入湖中，而是自己跳下去的。

把父親的電話號碼寫在腳上，無疑是一種表達，希望找到她屍體的人能在第一時間通知他。正因為如此，對方試圖將事件敘述為意外的作法，才會如此觸怒他。富有人家的高牆不是為了把自己關在裡面，而是因為不想觀看其他人的生活。而他們雇用傭人，是為了清掃他們的齷齪事。所以說，這個謊言，只是為了掩飾他們不喜歡的事。

清潔工正要回自己的公寓時，正好看到一輛沒響警笛的救護車開過來，後面還跟著一輛深色車窗的賓士車。豪宅的鑄鐵大門自動打開後，這兩輛車沿著蜿蜒的碎石車道穿過草地，來到別墅前面。

一名穿薄毛衣和外套的男人，和另一名穿風衣的女人從車子後座走下來。一群傭人聚在門口迎接染了一撮紫色頭髮女孩的父母，上前為他們拿行李，並在門梯上放了一片金屬斜坡。

沒多久，幾名護理師打開救護車的後門，推出一台輪椅。女孩就坐在上面。

儘管有段距離，清潔工仍然覺得女孩除了腳踝的傷，其他方面都還不錯。女孩的母親雙手環抱在胸前，靜靜站著。相對地，女孩的父親給人控制一切的印象，指揮傭人讓病人以最舒適的方式進到屋裡。

看著這一幕，清潔工開始回想，在發現湖裡的女孩前，自己正在做什麼。那是完美的一天。微風吹過樹林，眼前是開闊的阿爾卑斯山。當時很涼爽，但他卻在流汗，於是他掏出手帕擦拭前額和脖子。稍後，他將同一條手帕塞入正在抽搐的女孩嘴裡。接著，他想起當自己為女孩施行心肺復甦術時，女孩瘦小的身軀如何掙扎，如何喘息。還有，在她恢復意識後，她看穿他的目光。

事前和事後。這兩個迥異的時刻卻如此接近。從那一刻起，一切都改變了。清潔工雖然知道自己必須接受全新的狀況，但他仍然不明白理由何在。

他為什麼在那裡？那不是他該在的地方。

輪椅進了別墅大門。在大門關上之前，清潔工注意到女孩的父親在外面停留了幾秒鐘，接著又轉頭看花園和科莫湖。這個有錢有勢的男人環顧周遭。他的世界和另一個世界有著他沒看過的邊界，而現在，他想在邊界上尋找某個人、或某件事。

也許是想確認他的預感。也許，是想回應他黎明時接到的無聲電話。

13

無可抗拒的不知名力量。

在回家路上，巡官用這個說詞將無法解釋的暴力死亡歸類，這件事一直折磨著她。對捕蠅人來說，每件事都有自己的位置，有個符合邏輯的意義。宇宙應該有確切的法律來治理，而不是混亂。

「肢解的位置在右肩。」這是法醫西爾維對湖中手臂的說法。「傷口的狀況讓我們無法做出曾經使用過工具切割的結論。」

無名女人屍首的其他部分，就躺在湖底的某處。大家只知道她六十多歲，在生命的最後一程，她塗上了紅色的指甲油。捕蠅人雙眼盯著路面，心裡頭開始想像整個場景：小刷子緩緩塗過指甲，氣味，女人輕輕吹氣，想讓指甲油快點乾。

無可抗拒的不知名力量。

這個說詞宣告了無能，是投降。她無法忍受，一如她無法忍受那個定義男人殺害女人的說詞。她甚至連說都說不出口，因為它不是給凶手留下汙名，而是給受害者打上烙印，自動抹除了她在眾人記憶中的身分，將她貶為「被謀殺的女人」，這類不幸的受害者永遠和加害者的記憶連結在一起。

她把車停在巷子裡，關掉引擎。沒有人會為了去自殺而塗指甲油，她心想。難道說，她為了那個場合而特別打扮？拿捕蠅人自己的祖母來說好了，直到死前，她還堅持要人在醫生來訪時拿口紅給她。湖裡的女人也可能會了赴死神之約而打扮。或是說，她不要讓人發現屍體時覺得她難看。

她下車，踏下水泥樓梯，走回通往她住處的一樓。

漫長的一天讓她筋疲力盡，她丟下手提包，伸長手找電燈開關。她打開房子另一側的燈。為了營造出琥珀色的氛圍，她在這盞燈上蓋了一條舊圍巾。

她全身冷冰冰的，於是走向沙發旁邊的小火爐。她先從籃子裡拿出幾塊木柴，起了火，才脫掉外套。舞動的火焰散發出熱力。

捕蠅人環顧四周。屋子裡一團混亂，到處都有紙張和垃圾。位在角落的辦公室簡直像儲藏室，電腦和印表機旁邊不知怎麼地堆積了許多雜物。至於廚房和浴室，最好是連提都別提。整體來說，與其說這是人類的住家，不如說更像動物的巢穴。

她從雙親手上繼承來這棟兩層樓的小房子，但她只使用從前用來充當遊戲室的樓下。從前，在週日，她們家會邀請朋友來這裡打撲克牌，大家不眠不休地玩著多人牌局。這裡同時也是她犯錯後躲避責罵的地方。而在一個酒醉的夜晚，她在這個地方失去童貞。如今她選擇在這裡劃下疆界是為了節省暖氣——至少她想要自己這麼相信。事實上，是樓上有太多鬼魂。

她足足有五年沒踏上樓了。

在樓下，她覺得鬼魂會放她安寧。她睡在一張放在牆邊的簡單床上，上方的窗戶看出去就是花園，也可以直接看到馬路。

她家旁邊沒別的房子，但捕蠅人不害怕。

身子暖和後，她打開電腦，檢查自己有沒有收到來自社群網路的求救訊息。這時手機響了，螢幕上面顯示「未知來電」。她接了起來。

「受話者付費電話。許可號碼二〇〇六〇七。」是預錄的語音。「如果您接受，請按九。」

她沒說話便掛斷電話。這種事已經一年沒發生了，但這段時間好像很短。

她本能地看向天花板。往樓上看去。

在重新開始搜尋以前，她先到廚房。好幾個小時沒進食，她餓了。櫥櫃是空的，這對一整個星期都耗在超商裡的人來說真是矛盾。她應該要藉機替自己採買的，但她忘了。家裡只剩下濃縮的即時沖泡湯包和一些鹹餅乾。她把湯包的內容物倒進鍋裡，放到瓦斯爐上。就在這時候，她隱約聽到外頭樓梯有腳步聲。她轉頭看向門口。

會有什麼人想到這裡來？

幾秒鐘過後，外頭有人敲門。捕蠅人警戒地走向門口，試著透過冰冷的鎖孔看清來者是誰。接著，她打開門。

「很抱歉，我無意打擾。」門口的女人說：「我可以進來一下嗎？」

「當然可以。」捕蠅人回答，一面拉開門讓訪客進來。

但同時她也在心裡再次自問：會有什麼人想到這裡來？

潘蜜拉穿著運動服，這表示她剛離開健身房。她身上有股肉桂洗髮精的味道。她這朋友從來不到家裡看她，捕蠅人不怪她。但如果她能夠克服不情願的心情，這表示有事發生。潘蜜拉環顧室內，捕蠅人能感覺得到她的焦慮，但兩人都假裝沒事。

「真是亂七八糟！」潘蜜拉為了減低戲劇效果，刻意這麼說。

「就是這樣，我才從不邀妳來。而且，反正我的心理師說秩序是騙人的把戲。」

她的朋友沒聽懂這個笑話，要不然就是不想配合。總之，潘蜜拉仍然站在原地，雙手扠腰，神情緊張。

「我很想請妳喝杯啤酒，可惜冰箱是空的。」

「沒問題，反正我不會待太久。」

無論如何，潘蜜拉仍然脫下夾克，露出底下的緊身T恤，展露出她長期鍛鍊的結實腹部。至於捕蠅人呢，她給自己肚臍周圍那圈肥肉的暱稱是「備用屁股」。

「那隻從湖裡冒出來的手臂是怎麼一回事？」捕蠅人的朋友問道。

捕蠅人聳聳肩，走到火爐邊，添了一根木柴。

「女性，六十來歲。手臂從星期五左右就泡在水裡了。巡官和法醫的看法傾向自殺，但他們的判斷來自以往類似的經驗。」

「我就怕會這樣……」

若有暴力犯罪案件的受害者女性，潘蜜拉會向她報訊。潘蜜拉才三十一歲，卻已經是警官。儘管兩人年齡差距不小，她們的關係仍然親密。

「巡官不願意尋找屍體的其他部分，所以了，我們只能期待湖水能提供我們一些能證實可憐受害人身分的東西。」

「這幾天一定會有她親近的人來報案協尋，」潘蜜拉說：「檢驗過DNA後，我們可以找出名字。」

「儘管如此，潛在暴力犯罪的懷疑仍然存在……」

潘蜜拉搖頭。

「妳老是想像答案會很簡單。妳必須考慮最糟的情境。」

架子上有隻草編公雞，捕蠅人拿起雞頭，從裡面拿出菸絲和捲菸用的菸紙。

「我需要妳幫個忙。」她小心翼翼地說。

「什麼事？」

她掏出口袋裡的手機扔給潘蜜拉，後者接了過去。

「最後幾張照片。」

「好拉風的車！」潘蜜拉看到白色保時捷的照片。

「我要請妳打聽這輛車的車主是誰，靠什麼為生，是否有案底，特別是家暴虐待。他女朋友先是求救，但後來又退縮了。」

捕蠅人相信那個年輕女人一定很快會後悔。

「她身上有傷痕嗎？」

「沒有看得見的傷。」

潘蜜拉敞開雙臂，彷彿要說光憑直覺不足以提出指控。

「最可怕的加害者不是每天動手的人，而是隔天會送花的人。」

「好吧，用電子郵件把照片寄給我。」她的朋友終於同意，把手機還給她。「我得回去了。」

但顯然她不願意。

捕蠅人不予置評，默默遞出自己的香菸。潘蜜拉抽了一口，吐出一口煙霧，卻沒能舒緩心裡的壓力。

「依我看，關於湖裡的女人手臂，巡官和西爾維法醫的看法有點道理。很可能是自殺案。最好是就這樣讓她寧靜地死去。」

「妳不想知道她為什麼那麼做？」

「那是她自己的事。基本上，那就是她想要的：被人遺忘。」

「妳對讓她做出這個舉動的事情有多少瞭解？」

「那妳呢，妳覺得挖掘出真相會讓妳好過一些？」

起初，捕蠅人以為潘蜜拉的諷刺和她心情不好有關，但這個問題是正面攻擊。

「沒有任何事會讓我好過一些的。」她說。

她的朋友知道自己逾越界線，而且侵入了敏感地帶。

「我不是那個意思。」

但捕蠅人卻無法否認自己為其他女人做的一切，是一種彌補前生錯誤的方式。潘蜜拉只是不想看到她如此投入。

「算了。」捕蠅人點了另一根菸。

「這個女人投水結束生命的那天，有個十三歲的少女也掉進湖裡。」潘蜜拉不自在地為自己說明。「但她獲救了。想想看，如果她也是肢解後被發現，會是什麼狀況。」

「那個少女是誰？」捕蠅人心不在焉地問，不想讓朋友再次提起她的過去。

「羅廷傑家的女兒。」

「我應該要認識這家人嗎？」

「這家人的銀行帳戶餘額比我們多三個零。」

「那女孩是自己投水的嗎？」

「她喝醉了。」

「喝醉？」

「在醫院裡，他們發現她血液中的酒精濃度很高。家人的說詞是意外，說她自拍時落水。

她斷了一處腳踝。但就算這不是完整的事實，她那深具影響力的工程師父親吉多・羅廷傑也能讓全世界接受這個版本。」

「她怎麼獲救的？」

「有證人目擊一個男人冒著生命危險將她拉上湖岸，但這個男人事後立刻消失得不見人影。」

「消失？」

詭異的故事。捕蠅人難以相信。

「妳看著好了，當他知道羅廷傑家的感謝價值千金之後，一定會現身。」

捕蠅人希望他不要這麼做。她仰慕無名英雄，這種人太罕見。

「那個少女現在還好嗎？」

「因為家族名聲，她在加護病房裡住了幾天……除了腳踝需要外科小手術之外，她只有一側肩膀脫臼和一些擦傷。啊，還有，她嘴裡有異物。妳不覺得……」

「什麼異物？」

「一小截塗成紅色的斷掉指甲。」

四月十六日

維拉已經哀傷好幾天了。

早上，她不願意起床，有時甚至一覺睡到晚上。而下床後，她光是在電視前面的沙發椅上坐到凌晨，眼睛看著電視，但神遊他方。孩子從她空洞的眼神裡看得出來。他知道她應該去工作，她若曠職會被開除。這可是瑪汀娜費了千辛萬苦才替她找來的工作，而維拉一開始可高興的呢。

現在會怎麼樣？

維拉從前也曾經這麼哀傷過。通常是為了那些蒼蠅似的男人。每一次都一樣，孩子會發現，是因為他母親會變得非常徬徨迷糊。比方說，她會把菸灰掉在咖啡裡然後像沒事似地喝掉，她會忘了穿內褲就走到陽台，或是呆呆站在公寓走廊上，因為她忘了自己該做什麼。

孩子清楚得很，如果維拉不回髮廊工作，沒有人會給她錢買東西。她的皮包裡已經沒有錢，而他們放食物的儲藏室空了。維拉看起來不擔心。但是他呢，他每天晚上都在胃痙攣中輾轉難眠。

更糟的是，當維拉處於哀傷的低潮時不會和他說話，問她問題時也不回答。那就像她出門去了，在另一個房子裡，只留下身體在家。

從他上次進食到現在過了多久時間？孩子看著廚房裡的日曆數日子。他七天沒吃東西了。瑪汀娜答應他每星期都會過來，但她好一陣子沒出現了。她在哪裡？她為什麼沒來？現在孩子也開始老是犯睏。他喝點自來水，去躺在維拉身邊。之前，他會懇求母親給他東西吃。現在他不哭了，他知道哭求沒有用。他蜷在維拉身邊，聽著她的呼吸入睡。

其他幾次，維拉總會在某個節骨眼上起來，沖個澡，慢慢恢復從前的生活。但這次不一樣。孩子擔心這次不會像從前一樣。他害怕他們睡著後再也不會醒來。他越來越虛弱。

一道光線照亮他閉上的眼皮。他睜不開眼睛，怕會變瞎。他抬起頭：百葉窗拉開了，白晝一拳打進這個房間。

有人正哼著沒有歌詞的曲調。

孩子揉揉雙眼。他累了，但他不想再睡著。他想知道發生了什麼事。維拉的歌聲來自浴室，聽來心情不錯。孩子的膝蓋顫抖，於是他只好扶著牆壁往前走。他走到門邊，看到她光裸地站在鏡子前面，正在梳她的一頭金髮。她甚至塗了口紅。看到孩子，她不再哼唱，而是在鏡子裡對他露出微笑。一抹亮麗的笑容，孩子幾乎沒看過母親這麼笑。

「……你和黎明一樣明亮，和空氣一樣清新……」隨後，維拉繼續唱歌。

他認得這首歌。他母親只有在開心時才會唱這首歌。這是好預兆，這表示哀傷消失了。但他發現他母親的嘴唇沒有動。奇怪了。事實上，歌聲來自另一個房間。孩子轉過頭：維拉已經不在浴室的鏡子前，而是穿著紅洋裝在廚房裡。這怎麼可能？孩子頭暈目眩，但仍然朝她走過去。

「拜託，我餓了……」他告訴她，但他不確定自己是不是真的餓了，因為他同時也想吐。

維拉再次對他微笑，什麼話也沒說。她為自己噴了香水，孩子於是知道母親要出門。她走向門口，他跟不上她的速度。

「妳要去哪裡？」

沒有回答。維拉穿上她的高跟鞋。

「我不想一個人留下來。求求妳，不要留下我一個人……」

但維拉哪裡也不去。她還是沒說話。這下孩子知道了，她是為了某個人打扮。

但是，是為了誰？

接著，孩子抬起視線，跟著母親的目光看過去。

放食物的儲藏室有扇綠色的門。和以前不同了，有人上過油漆。他聽到儲藏室裡有聲音。伴隨著吱吱聲響而來的，是指甲摳木板的聲音。

不管在裡面的人是誰，他都想要出來。

「勇敢一點，」母親對他說：「他在等你……」

公寓裡有訪客。他聽到有人在吹口哨，兩個音符的旋律流瀉出令他不安的溫柔。像是呼喚。

孩子遲疑地走向那扇綠色的門。走到一半，他回頭看維拉，但她消失了。他沒有停下腳步，直接走到門把處，伸出手但無力按下門把。他的視線模糊，但他繼續堅持。這次他成功了。門打了開來。然而怪事發生了。日光沒有進入那個空間，而是像被燙著的貓咪一樣往後退。在黑暗中，有個菸頭先是亮起然後熄滅，接著又斷斷續續地重複。

「小鬼，你好嗎？」一個熟悉的聲音說道：「我吹口哨時，你應該趕快跑過來，知道嗎？」

他認出這個藏在黑暗中的身影，簡直不相信自己的眼睛：米奇回來了。他在這裡，就站在空無一物的櫥架之間。

「這次，你不要告訴任何人，答應我好嗎？」

孩子拚命搖頭。

「我看到你的頭髮沒有長出來。」

瑪汀娜保證過他的頭髮會再長出來，但事實不然。

「那最好，」米奇笑著說：「這麼一來，我們就能清楚看到那兩條拉鍊。」

瑪汀娜也保證過米奇永遠不會再回來。

「來，蛋頭小鬼，順手把門帶上。」

孩子害怕地服從他。關上門後，他發現米奇把左手藏在身後。

「我聽說你餓了。」

孩子猶豫了一下，接著才點頭。

米奇彈了下舌頭，他難過時都會彈舌。

「這樣不行，完全不行……你母親為你犧牲，看看你是怎麼回報的？你這樣哭哭啼啼的。」

「我不哭了，」孩子保證：「我不會再求她讓我吃東西。」

「我知道你很誠懇，但我還是要讓你永遠忘不掉。」

熱淚滴在孩子光裸的腳背上。

「你知道這是必要的。這是我的任務。」米奇給自己找理由。「否則我要怎麼教育你？」

「不要……」孩子喃喃地說：「拜託，不要……」

「你這幾年吃了多少東西才變得這麼胖？然後，現在你竟然指責你媽媽給你吃得不夠？我是為了你好，肥小鬼。」

孩子止不住自己的啜泣。

「走了，我們把事情結束。」

米奇失去了耐心，終於把藏在背後的手給孩子看。

他手上握著某件在黑暗中發亮的東西。

孩子知道試圖逃跑沒有用。

米奇用牙齒咬住香菸。

「過來，張開嘴巴。」

14

清潔工欣賞著黎明映照在湖面上的跳動火光，想到米奇。

他擔心一件事。

截至目前，他的室友乖巧地留在綠色門後，但那只是遲早問題。很快地，他會打破靜默。在這個時候，改變生活習慣未免太不謹慎，於是清潔工重拾工作。

他回到破壞他計畫的現場，也就是湖岸邊。他在岸邊救下染了一撮紫色頭髮的女孩，弄丟了紀念品，還違抗了米奇。

清潔工知道這些都是不可逆的事實。

一如他上星期五在湖岸所料，到了週末，這天堂的一角擠滿了一個個家庭。垃圾桶裡塞進各種各樣的垃圾，尤其是沒吃完的野餐。他拿出袋子，收緊袋口，換上新塑膠袋，然後才把裝滿的垃圾袋拿到他的垃圾車裡。

他邊做事邊觀察周遭環境。

重拾工作，也讓他有機會在無人注意到的情況下回到現場。他想瞭解在自己發現溺水少女前發生了什麼事。

事實上，他尋找的是一個確切問題的答案：染了一撮紫色頭髮的女孩是從哪裡跳下水的？

打掃碎石岸時，他想著將他拖往湖岸和科馬奇納島之間的暗流。

這時，他看到五百公尺外有一座幾乎被草木遮掩住的跳台。

他設定石英錶，讓手錶在十五分鐘後響起。接著，他走向湖邊突出的小丘，在幾乎要吞沒他的荊棘小路間前進。他發現，要來到這個地方必須有足夠的決心。和決定結束自己生命一樣重大的決心。

到達跳台後，他停下腳步。跳台的木板已經腐朽，扶手雖然還在，但腳踏的木板缺了好幾片。他不想冒險讓自己的重量壓斷更多木板。這時候，他看到跳台前端有個東西。

一個白色購物袋。

他可以轉身回垃圾車邊，也可以去看看袋子裡裝著什麼東西。沒有任何證據顯示那袋子屬於染了一撮紫色頭髮的女孩，但直覺告訴他：那確實是。

他時間不多。在確認周邊沒別人之後，他用腳試探木板。走到第三步，他差點跌下去。走到一半，他必須繞過一個大洞。他一點也不想再次落水，因為他太清楚平靜的水面下藏著什麼。

他花了七分鐘才走到跳台盡頭。一拿到袋子，他便立刻轉頭，一點也沒有浪費時間檢查內容物。手錶鬧鈴響起時，他已經回到通往停車場的小路上。

駕駛座裡唯一的聲音是他的呼吸。他感覺到心中湧起一股奇特的興奮之情，有害怕，但同時也有好奇。這種情緒，通常在米奇出門見天選之女時才會出現。清潔工則是一如往常，其他情緒就能讓他滿足。但這一次，他覺得自己成了主角。他等自己找回平時的清明神智後，才打開袋子。

半瓶威士忌。少女不該喝這種東西，他心想。但他對青少年有多少認識？據他瞭解，她喝酒應該是想讓自己鼓起勇氣。這證實她自己投湖的理論。接著，清潔工拿出某種像是板子的東西。

他花了三秒鐘才搞清楚那是什麼東西。他嚇壞了，一把扔出去，東西最後掉到副駕駛座下面，消失不見。

他心跳加速。清潔工從來沒有用過手機，他不信任這東西的原因很簡單：手機會破壞他最強大的能力，也就是隱形。人們透過這東西說的話，會有警方監聽。此時此刻，這種事可能正在發生。他必須以最快的速度擺脫這東西。他伸手到變速桿和座椅間的縫隙，用指尖拿起手機。

經過仔細研究，他才放下心。

手機螢幕一片黑，這東西不是壞了、沒電，就是關機。在考慮如何處理掉手機的同時，他再次檢視手機。手機套著一層螢光粉紅色的外殼，小小的星星圍繞著上面的字。

F——u——c——k。他費了好大功夫才唸出來。

這個字是什麼意思？是染了一撮紫色頭髮的女孩的名字？

米奇會大發脾氣。當然了，他可以瞞著他。但他這個同謀最後總是會曉得一切。清潔工會這麼想，是因為他剛有個想法。手機代表危險，但同時也是轉機。他也許笨，但他知道如果

Fuck把東西留在跳台上，一定是想讓人找到。他再次想到寫在她小腿上的號碼：她父親。這麼說，這東西對少女來說很重要。

為什麼？

這個難解之謎讓他心煩。然而，他保留下手機還有另一個原因：因為這屬於她。由於她，他們才會那麼親近。就像在碎石灘上或在病房裡一樣。

某件事將他們連結在一起。清潔工必須知道緣由。

15

「不可能。」她的朋友在電話裡回答，無疑地，正在後悔任憑自己被她說服。

她們兩人約在聖安娜醫院見面。

捕蠅人昨晚沒睡，心裡想的全是潘蜜拉無意間透露給她的消息。第二天一大早，她就打電話給潘蜜拉，懇求潘蜜拉和她一起去確認這件事是否是個變態的玩笑。她希望自己弄錯了。她不想再陷入另一個執念當中。她已經能想像心理師昂貴的帳單。儘管如此，若她心裡有一部分抗拒這個最極端的可能性，另一個部分則是拒絕置之不理。

她開車路過科莫湖，一邊告訴自己：命運是一股殘暴的力量。然而，命運有時仍然會帶來讓人振奮的結果。例如——這是說，也許——塗成紅色的指甲片。

「如果那截紅指甲屬於那隻在奈索撈到的手臂，那東西也得漂個十海里才能跑進羅廷傑家女兒的嘴裡。」潘蜜拉在電話那頭抗議。「而且別忘了這件事的荒謬之處，女孩在星期五落水，而手臂是昨天發現的，我們假設手臂的主人也是在星期五自殺。所以，無論怎麼說，水流都不可能在這麼短的時間內把東西帶到那個位置。」

「我也是這麼告訴自己。」她回答。

這下子，她什麼也不確定了。

「那妳為什麼要強迫我和妳一起去？」潘蜜拉惱怒地大喊。

「因為我要證明自己沒發瘋，而沒有妳的幫助我辦不到。」

大約七點二十分，捕蠅人的雷諾小車駛下醫院停車場的斜坡。潘蜜拉背靠在自己的車上等著她，而且一如往常地雙手環胸，神情緊繃。她穿著制服，因為稍晚得值勤。

「我一個人去。」潘蜜拉走向捕蠅人，沒頭沒腦地丟下這句話。「妳呢，妳在這裡等我。」

「不可能。」捕蠅人回答。

「妳有多久沒進這種地方了？」

潘蜜拉問得她啞口無言。五年前的一個夜晚，她們就是在這裡認識的。

「我很好。」她保證。「但是，好，我留在這裡。」

捕蠅人看著朋友朝電梯走過去。待她只有一個人時，她點了根菸，無視於停車場禁止抽菸的規定。她常去湖區大小醫院的急診處，因為她會在那些地方找到需要她協助的女人。通常，她會在急診室開啟漫長又艱難的說服行動。不像其他犯罪，一個對妻子施以暴力的男人一般不會受到社會的太多譴責，陌生人沒什麼好害怕的，因為他對他們的態度和藹可親又友善。因此，事實的重建總是無法一致。她必須盲目相信受害者，也就是長期忍受而不加以反抗的女人。

也許這麼做，是對人類同理心的過度要求。捕蠅人告訴自己。

此外，與其要求嚴厲處置殺害女人的謀殺犯，不如直接透過法律，讓女人在第一次挨巴掌後就得以重獲自由，這麼做可能更有效果。問題是，死亡數字無疑更引人注目。因為死亡案件可以登上頭條新聞，而且死人不會說話。大家寧願看到殉難者，也不想看到一個被迫承認自己被愛情蒙蔽的可憐笨女人。

這時候，捕蠅人心裡想的，是湖裡的女人在把性命葬送在湖底前，不知曾否對外求救。

她把菸蒂丟在地上，用鞋底踩熄。她沒來過聖安娜。她沒想到會有鼓起勇氣踏進這地方的一天。除了潘蜜拉的職務能為她打通關節，這也是她找潘蜜拉的原因。但現在獨自在這裡，她開始覺得不舒服。

她聽到腳步聲。於是她本能地四下張望，但停車場裡沒有別人。這怎麼可能？

她規律地吸氣吐氣——這是她心理師的建議，萬一焦慮感上升時可以試著這麼做。她知道自己身邊沒鬼魂跟著。

她聽到的，是自己在多年前六月某個夜晚的腳步聲。

幸好一扇電梯門在這時打開，潘蜜拉走了出來。

「怎麼樣？」

潘蜜拉聳聳肩。

「一如我想的，只是浪費我的時間而已。」

「他們是怎麼說那截指甲的？」捕蠅人無視朋友的不耐煩，又問了一次。

「在近乎溺斃的人口腔、肺部甚或在胃裡找到異物並不罕見。有時候還會找到較大的物件。」

「我懂，但是他們有沒有把指甲留下來？」

「他們沒理由那麼做。」

「妳有沒有讓他們明白那可能和另一樁案件有關係？」捕蠅人雖然失望但仍然堅持。

「有，但現在那截指甲已經和醫院廢棄物一起丟掉了。」

捕蠅人早已料到，這很正常。但是她仍想嘗試。

「我真不知道為什麼要讓自己扯進這件事。」潘蜜拉生氣地說。

「妳不去找妳的上級說說看？」

「沒有指甲就不可能和手臂比對DNA。所以，就我們目前所知，兩截指甲分別屬於兩個女人。」

捕蠅人拒絕妥協，她跟著潘蜜拉走到車邊，在潘蜜拉開門前站到她面前。

「妳可能覺得蠢，但我覺得這當中有蹊蹺。」

潘蜜拉惱怒地翻個白眼。

「我不會和巡官說這件事。作夢都不會說。這對我來說不容易，知道嘛。」

她知道。

「昨天晚上妳到我家時，顯得困惑又憤怒。妳以為我沒注意到嗎？」

「是喬琪亞，她快把我搞瘋了。」年輕的潘蜜拉終於承認。「她覺得我們應該要出櫃，但是我可沒打算這麼做！」

「妳有沒有試著把事實告訴她？」

「這話怎麼說？」

「對軍警單位的女性來說，不必說出性取向，日子就已經夠複雜的了。」

但那身制服讓潘蜜拉太引以為傲，她不願承認同事和長官對待她的方式有問題。她的表情變得強硬。

「我幫助妳尋找受虐婦女，不表示我把妳當成對伴侶關係的萬事通。」

「正好相反，我大概是最不適合說這些話的人了。」捕蠅人幽默地說。

她正打算加上一句，說這是她心理師最喜歡的話題時，她手機的響聲打斷了她。

「妳為什麼不接？」

「是騷擾電話。」她說謊。「他們想要我換電話公司。」

潘蜜拉相信了，不打算深入追究。但同樣地，她也不想繼續討論自己的私生活。

「妳打算放棄指甲和手臂這回事？」

「不。」

潘蜜拉推開她，拉開車門，彷彿受夠了捕蠅人的固執。但在離開前，她遞了個信封給捕蠅人。

「這是什麼？」

「羅廷傑家小女孩的檔案副本，湖邊意外的調查已經完成了。我太瞭解妳，知道妳會繼續提出問題，所以乾脆在妳惹上麻煩之前先把答案給妳。」

「我為什麼會惹上麻煩？」

「我告訴過妳了，羅廷傑先生盡了全力要壓下這件事。」

「為什麼？」捕蠅人又問了一次。她相信背後一定有其他理由。

「想想看，假如有知道妳過去的人牽扯在其中……」

這話說得狠但也有理，捕蠅人心想。知道妳過去的人。她收下信封，沒再多說。

16

他老是看到那種人。

他們在街頭漫步，彷彿無法控制自己，拿在面前的螢幕照亮他們的臉孔。那個光線逐漸吞噬他們的靈魂，決定他們的舉動。這些人不再看自己要去哪裡、身在何處。他看著他們對著螢幕或笑或哭。他們是奇特魔法的受害者，人在，但也不在。

清潔工經常自問，不知那些人的平行人生是什麼樣子。他從來沒進去過，不知道那個世界如何運作，他太害怕失去自己的隱形能力。儘管如此，自從他找到Fuck的手機後，他突然對那個世界產生了興趣。

下班搭巴士時，他認真研究乘客滑手機的動作，當作稍後學習模仿之用。

「你才辦不到，你不過是個智障！」

這種侮辱，當年的小男孩不知從米奇嘴裡聽過多少次。隨著時間流逝，他相信這是真的。況且，他總是得花很長的時間才能弄懂一件事。也許那是因為他腦袋有兩個洞。幸好有些活動並不需要聰明的頭腦，就算是他也能完成。特別是，其中有兩項他特別拿手。

游泳和打掃。

他每隔一段時間就檢查Fuck的手機是不是還在他夾克的口袋裡。他很怕弄丟手機。如果他現在拿出手機操作，其他乘客絕對不會覺得奇怪。就這麼一次，他可以和大家一樣，這讓他一心嚮往。但隨後他想起手機的粉紅色外殼印了名字——那個染了一撮紫色頭髮女孩，於是打消了這個念頭。

他打定主意不把手機帶回家。一方面是為了安全起見，免得警方盯上他。另一方面，則是為了瞞著米奇。他想了很久，才想到該把東西藏在哪裡。

他過了七點才走下巴士——因為他四處遊蕩了一個下午。夜幕逐漸低垂，他徒步走上小丘。四周好安靜。他經過通常只有在黎明才經過的房子，這些房子在他值班結束時都還在睡覺。但這個時候，這些屋子裡的燈光亮著，他看得見裡面的住戶。母親為孩子準備晚餐時，父親不是用柔軟的毛巾包起剛洗過澡的小孩，就是協助他們做作業。有那麼一會兒，他好羨慕那些孩子，因為他自己從來沒有類似的體驗。

他走得很慢，像個恰巧路過住宅區的人，最後，他來到唯一沒有點燈的房子前面。

二十三號別墅等著他。

他認出別墅的尖角窗和拉下的蕾絲窗簾，畢竟他來看過太多次。繡球花謝了，旁邊的靠枕上沒半隻貓。他先確定沒人看到他，接著他爬越大門，繞到房子後面，看到屋後的菜園。果然沒錯，他找到一扇後門。

他強行打開門，走了進去。

他走進充當洗衣間的狹窄隔間，聆聽屋子裡是否有聲音。沒有，一片寂靜無聲。牆上掛著他朋友瑪格達的一幅照片，瑪格達看著他，對他微笑。清潔工拿下照片。接著他走到貼著稻草色壁紙的廚房，再到放著餐桌和櫥櫃的餐室，接著進入起居室，這裡放著兩張沙發、一台電視、兩座瓷雕像和插了絲綢假花的花盆。他邊走邊收拾屋主的照片，準備拿去丟掉。

他爬上通往二樓的樓梯。

樓上有一間浴室，一間衣帽間，還有衣服、鞋子和化妝台。他拿起一瓶香水，扭開瓶蓋聞了一下，認出當初在藍色夜總會那個女人的味道。他走向臥室門口，看到扶手椅上睡著五隻貓。灰貓抬起頭看著他。隨後其他幾隻也跟著看過來。

清潔工去準備了乾糧和水，放在廚房地板上。幾隻貓撲了上去。他站在門口看，不懂自己為什麼要餵這些貓。事實上，他小時候一個人在家時，從來沒有人來看過他有沒有吃喝，就算一連好幾天也一樣。這幾隻貓的命運應該不至於引起他的興趣才對。他是怎麼了？他這麼做，是免得還得埋葬牠們。但他心裡知道原因不止如此。

最後，他終於能專心處理Fuck的手機。

他到餐桌邊坐下，把手機放在面前研究。手機側面有幾個按鍵，可能是為了啟動手機。他按下最大的按鍵。本來一片黑的螢幕亮起微弱的光線，還出現一顆咬了一口的蘋果。

手機突然活了過來。

螢幕上出現了繽紛的色彩。首先是一顆粉紅色的頭顱，接著一個又一個的圖形冒出來，每個圖形都附有文字，接著，伴隨著快速連續音效而來的是一個個標注文字的長方形。那就像是手機將這些資訊壓抑了太久，一旦重新開啟，便一口氣全冒了出來。

清潔工焦慮地看著手機，希望這東西趕快平靜下來。幾秒鐘後，他的願望實現。

他開始讀圖形下的文字。一個看似彩色花朵的圖形吸引了他的注意力，下面寫著：相簿。

他用食指碰觸圖形後，螢幕上出現其他列表。他隨機選擇一項，一連串照片跑了出來。

大部分都是Fuck的照片。又看到妳了。清潔工樂於再看到她。

在某些照片上，染了一撮紫色頭髮的女孩獨自一人，擺出他不理解的奇怪姿勢或表情，女孩像是在尋求他人的認可。在其他照片上，她和另一個年齡相仿、戴著牙套的女孩在一起。她們在學校或酒吧裡，走路或騎機車。這些影像看來無憂無慮，有時近乎放肆。Fuck永遠穿著T恤和破牛仔褲。清潔工覺得很奇怪，她父母那麼富有，而她竟然沒錢買新衣服。也許這是一種反抗的形式，又或者她不想引人注意，就像他一樣。他繼續看照片，注意到女孩有時會化妝。她想表現得大膽挑釁，但其實還是個孩子。他不自在地對自己說：這和我無關。難道救人一命，就能管別人的閒事嗎？手機裡存了太多照片，用指頭碰觸螢幕下方後，他叫出更多照片。在這好幾百張照片裡，有一張吸引了他的注意力。

Fuck穿睡衣躺在一張有篷頂的粉紅色床上，可能是在她的房間，照片上的女孩沒有化妝，看起來天真無邪，手上緊抱著一隻絨毛玩具熊。

清潔工決定：這張是他最喜歡的照片。

他輕率地碰觸螢幕，突然聽到一首哀傷的歌曲，接著他進入了另一個世界。一個男人用溫柔又讓人心碎的聲音唱著他聽不懂的語言。他聽不懂歌詞，但卻感覺歌詞說的是他。

他閉上眼睛，任憑音樂引領他走。這是第一次。他本來以為自己討厭音樂，但他從來沒有類似的感覺。一切都是嶄新的經驗，嶄新又奇特。忽然間，他覺得一陣暈眩，嚇得張開眼睛。發生了什麼事？他不知該如何解讀這宛如風暴般席捲而來的感受。他擔心自己被吞噬，於是按下按鍵關機。

女孩抱著玩具熊的照片消失了。音樂也停了。

17

夜幕落下時，科莫湖的濕氣滲入衣服，到處留下泛白的痕跡。回到家，捕蠅人燃起爐火，讓爐火的熱氣幫忙她擺脫這種濕黏的感覺。

回家路上，她在小超市停了一下，買了啤酒和一包熟香腸。她不想下廚，她把買來的香腸放在盤子上，給自己營造吃一頓真正餐點的假象，然後把盤子和已經不冰的淡啤酒端到沙發邊。她躺在沙發上，拿了一條毯子包住自己，沒有脫下鞋子。接著，她被火爐裡劈啪響的木柴和跳躍的火光給催眠了。

她花了一整天時間幫助一個五個小孩的母親，後者在丈夫多年來用皮帶抽打她的雙腿和臀部後，終於決定提出告訴。她陪這名母親到急診處找醫生驗傷，接著又向警方報案。這名母親以令人敬佩的冷靜態度敘述二十六年來的婚姻生活，而聆聽的下士甚至比這段不幸婚姻維持的時間還年輕。這個事件中最驚人的細節並非長期且經常的暴力，也不是加害者專挑衣服蓋住的部分下手。而是那五個現在已經是成人的孩子從來不曾懷疑。捕蠅人花了好幾個月時間，才說服女人打破這個虛偽的表象。漫長的說服過程讓她筋疲力盡。

她的手提包丟在沙發旁邊的地板上，潘蜜拉早上在醫院裡交給她的信封就放在裡面。羅廷傑家女兒意外事件的檔案副本。這是警方的必要流程，但後續不會有司法調查。

捕蠅人一直沒時間讀，要不，就是有事耽擱。

「想想看，假如有知道妳過去的人牽扯在其中……」

潘蜜拉說得對。她的過去被她鎖在遺忘的牢房裡，而她最害怕的，就是那段過去再次出現。也正因為如此，她才會堅守著這棟房子。

但是她必須釐清發生在湖邊的事件，否則她不能安心。因此，儘管累，她仍然伸手將空啤酒罐放在地上，順便拿出信封。她用牙齒撕開信封，拿出檔案。

她就著爐火金色的光線閱讀檔案。

這份文字報告可能經過美化，但忠於少女家人所提供的版本。在那個眾所皆知的星期五，少女蹺課到湖邊玩。她搭乘巴士到可以遠眺科馬奇納島的位置，這點已經經過巴士司機證實。但從下車後，直到她因至今仍不明的原因——「可能是想自拍吧」——落水前的蹤跡則無法確認。

潘蜜拉提過少女當時喝醉了，醫療報告中也證實了這一點。捕蠅人這個朋友沒錯，大家想把這件事當作一場孩子的幼稚遊戲。

接著，捕蠅人分析整個營救過程，這是她最感興趣的部分。有幾名目擊證人跑到小碎石灘協助援救，根據他們的說法，他們在遠處看到一名陌生人冒著自身被捲進湖中漩渦的危險，下水拯救溺水的少女。男人成功救回少女一命，並且施行了急救。

然後他就消失了。

捕蠅人自問，文字沒有敘述的，是那截紅指甲在什麼時候跑進羅廷傑家女兒的嘴裡。那只可能在她在水中掙扎時發生。但這麼一來，針對奈索事件，自殺推斷的可能性微乎其微，甚至趨近於零。要不然就是有另一個解釋：有件大家都沒注意到的事。

在潘蜜拉把事情告訴她時，捕蠅人心裡有個念頭悄然而生。這個念頭隨後扎了根，但她沒有勇氣告訴潘蜜拉，因為她擔心被朋友當瘋子看。這伙關被視作英雄的男人——也就是整件事中最讓人迷惑的人物。

沒有任何故事是一條直線通到底、只有一個面向的，她想到自己的故事，這麼告訴自己。所有故事都像迷宮，有時候人會遇到關上的門，而這些門後即是平行真相或其他秘密故事。

那名神秘客可能是其中一扇門的鑰匙。

他為什麼在做出善舉後立刻離開現場？但反過來看，倘若他想隱藏什麼秘密，那麼他絕對不會下水拯救一個陌生女孩。那麼，如果他認識少女呢？如果他得為這件意外負起部分責任呢？不，不對，捕蠅人告訴自己。假如真是這樣，羅廷傑家族不可能噤口不言，警方也會調查他的身分。

她拿起一片香腸咬了一口，目光沒有離開檔案。她提醒自己，所有真相都有弱點。她在過去的生命中學到過這一點。要不然，就是有個沒有答案的問題可能會引起調查人員的懷疑。

這個男人為什麼會出現在那個地點？

咕咕鐘的老鐘擺伴著她尋找答案的思緒滴答作響。這老鐘是她小時候，她父親參加一次釣鱒魚比賽得到的獎品。她已經不餓了，於是推開放香腸的盤子，繼續思考。

那個星期五早上，幾名目擊證人都有上科馬奇納島的理由。一名在附近別墅工作的園丁，三名進行翻修工程的泥水匠，另外是一名送完信的郵差。無名救人者可能只是碰巧在場，但這裡有點兒不攏。捕蠅人知道發生意外的那片碎石灘。在週末，海灘上擠滿散步的人和大小家庭，但週間則正好相反。於是，根據她對男人所掌握的少量資訊，她開始思索。

她知道對方是個游泳好手，接著，他還替少女壓出肺部的水。

她想到專業人士，比方游泳教練、潛水者，或是醫生、護理師。總之，任何懂得救護過程的人。然而，當她在羅廷傑家女兒的醫療檔案裡尋找佐證時，她推翻了自己的理論。少女脫臼的肩膀和肋骨挫傷顯示男人對這類急救不甚熟悉，甚至稱得上笨拙。

醫療報告上同時記錄著少女曾經痙攣發作，而男人想到在她嘴裡塞東西，免得她咬到舌頭。

捕蠅人停在這個細節上。報告沒有寫出男人用的是什麼東西。可能是現場找到的任何東西，比方小樹枝、少女的一塊衣角，或是男人自己的衣服。報告沒有詳述。又一次入魔似地，她掀開毯子盤腿坐定，把所有文件擺在面前的沙發上，等待靈光乍現的一刻。

除了文字報告，檔案裡還有幾張照片。

照片上有少女的帆布鞋、深色牛仔褲、T恤、書包，和一條格子邊的米色手帕。捕蠅人仔細看：這不像少女們會用的手帕，反而比較像是成年男子的物品。他就是拿這條手帕塞進少女嘴裡，捕蠅人想。她打算聽從自己的第六感。而那截紅色指甲就包在手帕裡。這個因果關係的推理無懈可擊，而且事情先後順序也很合理。但她不自滿於此，因為最難的部分才要開始。

找出那條該死的手帕。

手帕上可能留有奈索受害者的DNA。她雖然這麼想，但這件事不能操之過急，也不能抱持幻想。既然沒有調查也沒有犯罪證據，手帕一定和少女的其他物品一起還給羅廷傑家族了。到了這個時候，東西絕對已經遺失、丟棄或毀損，一如那截紅色指甲。

捕蠅人再次想到神秘客。她還不能妄下結論，但她晦暗的感應沒給她留下懷疑的空間。她打起冷顫。這是偏執嗎？也許不是。

發生了一起可怕的事件。而且事情可能還沒有結束。和過去一樣。

十一月二十九日

記得閉上嘴巴，孩子說，不要說話。反正每當他試著說話，總是結結巴巴又噴口水。最好是保持安靜。

「怎麼了，你為什麼都不說話？」正在開車的瑪汀娜問他。

稍早，她讓他坐進前座，在駕駛座旁邊，然後為他繫上安全帶。有那麼一會兒，兩人的臉龐好接近，他聞得到她的氣息。瑪汀娜的口氣很香。這短暫的瞬間很怡人，但他沒告訴她，因為他怕自己臉紅。

儘管如此，他的朋友卻沒因為他的緘默而卻步。

「你想聽收音機嗎？」她問他，一邊伸手想按按鈕。

但他攔住她。他不喜歡音樂。這六個月來，每次米奇來訪，維拉就會放唱片，免得鄰居聽見。

「這是為了證明你的勇氣，」他母親替米奇說話：「米奇要你勇敢，希望你成為真正的男人，和他一樣。」

但孩子受夠了這種由恐懼硬撐出來的勇敢。有時候，他甚至會懷念那些蒼蠅般的男人。幸好，某天，瑪汀娜來帶他離開。而現在呢，在住院一個月之後，她陪他到一所照護許多孩子的機構。但他的牙齒──和頭髮一樣，都長不回來了。

「瑪汀娜，我的故事是什麼？」他用手遮著嘴巴說話。

「什麼意思？」

「你告訴過維拉，知道我的故事以後，不會有任何家庭會要我的，他們會改變主意……是什麼故事？」

但她垂下雙眼。

「你一定是聽錯了。」瑪汀娜說。

這所機構在一大棟棕色的建築裡。他們晚間抵達。孩子沒有行李，只有身上的衣服。瑪汀娜保證他們會給他其他衣服。

「你在這裡很安全。」離開前，瑪汀娜告訴他。

他知道她指的是米奇，他又成功逃走了。當孩子問起維拉在哪裡時，瑪汀娜則說維拉病了，被帶到一個地方接受治療。

「聽我說。」社工人員瑪汀娜蹲下來，讓自己可以直視孩子的雙眼。「我不想騙你。剛開始幾天不會好過。但隨著日子過去，你會逐漸融入群體當中，你在這裡會很好的。」

孩子聽不懂瑪汀娜想表達什麼，不知道自己該不該害怕。於是瑪汀娜做了一件他母親從來沒做過的事：俯身擁抱親吻他。接著才轉身離開。

濕意還停留在他的額頭上，他跟著一位修女走進無人的長走廊。這地方很冷，有湯的味道。他們走進一個陰暗的大空間，裡頭擺了許多張床。每張床上都有個孩子在睡覺。修女指著他的床。

「七點鐘吃早餐。」她邊解釋，邊拿了一條毛巾和盥洗用的香皂給他。「去洗個臉，別忘了祈禱。」

修女離開後，他脫下衣服，把衣服折好放在一張椅子上，然後滑進毯子下，閉上眼睛。

他身邊的新同伴都在睡覺。但安靜中有些小小的噪音，比方呼吸聲、孩子翻身時彈簧床嘎吱作響，還有嘆息聲、好奇的低語聲，和走向他的腳步聲。其他人圍到他床邊，因為發現了新來乍到的孩子而過來一探究竟。他雖然閉著眼睛，但仍然可以感覺到其他人來到身邊，人影在他閉著的眼皮外移動。他們嘲笑他的光頭，他頭上的拉鍊。他們嘻笑著說：「他連一根頭髮都沒有，像蟲子一樣。」我不是蟲，他想說，我是小孩。但他假裝睡著，希望他們能放過他，但是沒有。現在他們動手搖他了。先是輕輕搖，接著加重了力道，還有人捏他。「蟲子好軟。」其中有個小孩說。另一個小孩說：「我來叫醒他。」並且開始有了動作。一開始，孩子還不懂。接著一股溫熱的液體射到他臉上。他認出尿臊味。「醒來，大胖蟲。」對方大喊。孩子緊閉雙眼開始哭，犯下大錯地半張著嘴。「你們看，」第三個小孩說：「他像嬰兒一樣！」

「過來，張開嘴巴……」

笑聲席捲而來，孩子彷彿被吞噬在其中。原本的言語羞辱變成拳打腳踢，有人打他屁股，有人踢他側腰。一個攻擊他的小孩湊到他耳邊，用盡全力尖叫。孩子努力抗拒，但他覺得自己快聾了。這時候，他跳向對方。當孩子張大嘴巴露出惡意且毫無人性的笑容時，他看到對方的眼神由訝異轉變成驚恐。這時，意料外的滿足浮上他的臉。那是任何孩子都不該感受到的愉快之情。

18

一陣風在大菩提樹的枝葉間鑽動，接著又躲進麻布桌巾下，像要邀玩。染了一撮紫色頭髮的女孩仰著頭，任憑微風輕撫臉龐。從前，她從來沒有體驗過這麼單純的快樂。但現在她只能坐在輪椅上，多的是時間來享受。

這天早上，她父親要傭人帶她到花園的大樹下用早餐。他要人帶她到噴泉旁邊但離湖遠一點，免得她又想到她的「意外」——這是他口中的說法。他沒費心徵求她的同意。於是她現在坐在一張擺滿各種可頌、果醬、麵包，和柳橙汁及炒蛋的桌前。

無論在家裡或在工作上，她父親習慣掌控一切，而且不願意聽到她討厭吃蛋。

這頓早餐是演出的一部分。一切都必須在最快的速度下恢復正常。湖邊的那場插曲必須歸檔，因為生活必須回到原貌，面子必須維持，她心想。她雖然才十三歲，但很早就學會了羅廷傑家族的行事準則。每件事都有規格，連最不可能的事也一樣。所以，無怪乎她的「意外」對他們完美無瑕的日常生活沒有造成太大影響——就連「蠢到差點溺斃的女兒」這種問題都有標準作業程序。

她再次想起當自己沉向湖底時那隻一把抓住她的手。那觸碰的記憶讓她打顫。除此之外，她不太記得其他細節。

她沒碰食物，也不覺得餓，也許是因為嘴裡的苦味吧。湖水的苦味。那就像吞下一尾還活在她體內的泥鰍，她能感覺魚在她肚子裡扭動。現在無論她吃什麼，不但都黏稠稠的，還有湖水的味道。更別提藥物帶來的影響了。她確定她母親在她水晶杯裡閃亮的柳橙汁裡滴了醫師建議的抗精神病藥物。醫生們說，她把那件意外的細節全忘了是好現象。但她之所以沒告訴任何人，是為了避免因為沒人相信她，或更糟的，因為別人假裝相信，而覺得受到羞辱。

有時候，她見到的光明化身會活生生地出現在她面前。成為逆著光，碎石灘上林木間的黑影。這個沒有臉孔的巨人救了她之後沒說半句話，就消失在虛無之間。

她希望自己也能夠消失。但她還在這裡。

女孩看著自己擱在輪椅腳踏板上的腿，固定傷處的夾板高至膝蓋。一名特地從瑞士遠道而來的骨科醫師保證她的腳踝不需要開第二次刀，但必須再過一個月才能開始復健。基本上，她這個暑假毀了。但這件事也有好的一面。

至少對她的父母來說是好事。

她獨自一人坐在菩提樹下，但是她感覺得到正在照料玫瑰花的老園丁看著她，還有那些找遍各種藉口來到她附近忙東忙西的傭人——即使他們保持適度距離，免得引起她注意。他們在監視她。她深信這是她母親的指示。母親究竟在怕什麼？怕她從輪椅上站起來走到湖岸邊再跳一次？

為了假裝一切如常，而且對她的信任不變，她父母買了一支最新款的 iPhone 給她，取代在他們口中那場她自拍意外中掉到湖裡的舊手機。她討厭這個劇本。其實，沒有人真的想知道事發經過。

也許連她自己都不想知道。

意外那天早上，她醒來時就有個怪念頭。某種不知名的力量驅使她去放酒的冰箱偷來一瓶威士忌放到書包裡，搭上公車去一個她從未去過的地方。不知怎麼地，她在偏遠的車站下車。她在路上看到一座被草木遮住、搖搖晃晃的跳台。她爬下小丘，穿過樹林走到岸邊。她在岸邊把她父親的電話號碼寫在肚子和小腿肚上，大口喝下幾乎要灼傷她喉嚨的烈酒，把半空的瓶子和iPhone放在她在附近找到的一個塑膠袋裡。

接下來的一切很模糊。

她有時會詛咒把她救到岸邊的人，然後又馬上後悔，默默感謝對方沒有讓她淹死在深淵裡。她時常自問，那麼安靜的深淵之下究竟是什麼樣子。

「妳還沒試用妳的新手機嗎？」她母親來到她的背後。

她母親穿著白色紗裙和絲襯衫。她永遠那麼美麗優雅，即使大家都說女兒像她，但染了一撮紫色頭髮的女孩總覺得和母親相比，自己又醜又笨拙。

「妳還沒把手機從盒子裡拿出來。」她母親說。

「我晚點拿。」女孩的回答毫無說服力。

「奇怪了。從前妳老愛玩手機。」

從前。這兩個字，是「絕口不談意外事件」這條規矩的唯一例外。每個人都把心思放在事後，連問都不問她為什麼不想再要手機。再也不要了。

「假如你們真心想送我禮物，我希望能自己選。」她說。

「說說看，妳想要什麼？」

「撐拐。」

「骨科醫師說還太早。」

「骨科醫師說，當我覺得自己準備好時，就可以開始。而我已經準備好了。」

她母親交抱雙手，以詢問的眼神看著她。

「為什麼？」

女孩等的就是這句話。

「宴會。」

學期末這個大活動，會在她班上同學家的別墅舉行，那個家庭是科莫湖的大家族。

「不可能。」她母親說。

她也知道她母親會有這個反應。但是她必須去。她所有同學都很期待那場晚宴。

她想見某個人。

否則她會再次跳進那該死的科莫湖，她很確定。只不過她不想淹死，尤其在經歷過被湖水吞噬、失去所有力量和無法呼吸之後。

「妳的情況不合適。」儘管因為太擔心女兒再次發生不測而聲音顫抖，母親仍試圖堅持。

如果她母親不支持，那麼她要怎麼說服她父親？

「你們向全世界說我很好。如果我不出席，會有人質疑……」

她讓這句話製造預期的效果，她母親的眉間出現了疑問。她最怕的就是別人對他們私事的好奇。但不是任何人，只有屬於他們這個魔法世界的人。

「妳得去問妳爸爸。」她母親做出結論。

染了一撮紫色頭髮的女孩很開心，自己終於在母親的防禦中敲開一道破口。名工程師吉多．羅廷傑的妻子外表的活力掩蓋住她的脆弱。在眾人眼中，她懂得如何讓他屈服。小報專欄指稱她對他有特別的影響力。然而，真相是她完全受丈夫專制性格和抗憂鬱藥物的掌控。

在她母親開口多說什麼之前，僕役長靠過來，手上拿著某種傳單。

上頭印著：出口就是妳自己！

個性謹慎的僕役長對羅廷傑夫人說話的音量小到只有她聽得到，卻又大到不至於對女孩不禮貌。事實上，女孩聽到這句：「我先請她到書房坐。」

她母親有訪客，太好了。羅廷傑夫人站起來走向主屋。少女感謝著這個帶傳單來的陌生人，讓她得以結束這段對話。心情終於放鬆後，女孩沒多想柳橙汁裡加了什麼東西——又或是她希望藥物能協助自己擺脫黑色的念頭——喝下了果汁。接著她閉上眼睛，繼續讓微風輕撫她。突然間，她張開雙眼：她聽到聲音。

音樂聲。

音樂消失的速度和來時一樣快，快到她自問是否在作夢。牆外似乎很安靜，一個人也沒有。發生了什麼事？是有人在開玩笑嗎？接著，音樂又出現了，而且伴隨著憂鬱的歌聲。女孩認出這首歌，覺得好迷惑。這是個警告，是前帳必清的承諾。而且這個警告來自科莫湖。

酷玩樂團的〈偉大日常〉。

她投湖尋死那天，用iPhone聽的正是這首歌。

19

她從來沒踏進像這樣的房子，而且，她一直以為這種別墅只有在電影上才看得到。

捕蠅人開著雷諾小車來到門口，在不知道會受到哪種接待之前，就按下電鈴。讓她大感驚訝的是，不但有人替她開門，還有人帶她走進這棟豪華別墅。她本來相信，當她表達希望能見到羅廷傑夫人時，傭人一定會找藉口推辭。沒想到一名熱心的女僕喊來了僕役長——又一次地，她以為這個職位是黑色小說作家的發明。然而，她看到一名穿西裝打領帶，言行舉止毫無瑕疵的男人。她這時才想起自己沒有名片，只好遞出一份傳單。才光提起湖邊的意外，男人便帶著她穿過鋪著黑白大理石格地板、兩邊裝飾著雕像和古董家具的長走廊，來到她現在的房間。

這是一間書房，裡頭擺著大型書櫃。

受到驚嚇的捕蠅人挑了書房裡唯一沒有鋪著貴重地毯的角落，找張椅子坐下。看著這地方，這樣的奢華讓她像個闖入者，她開始頭暈目眩。究竟是哪些人才住得起這樣的大宅？

「這家人的銀行帳戶餘額比我們多三個零。」她朋友潘蜜拉下過這個定義。

羅廷傑家到底多富裕？捕蠅人知道自己銀行帳戶裡有多少錢：兩千多塊歐元。羅廷傑家知不知道自己有多少錢？對他們那個階級的人而言，這種事該怎麼運作？她可以猜測這些人沒有付帳單的煩惱，但他們和金錢之間是哪種關係？她不懂身為百萬富翁的感覺。而他們呢？他們會如何想像她這種人的生活？

她迷失在自己的思緒裡，沒有準備該和工程師羅廷傑先生的夫人說些什麼。她選擇面對她，而不是她的丈夫，因為她覺得和女人互動比較容易。她總是能找到某個可以建立對話的共同細節。反之，男人一般覺得她充滿敵意，幾乎每次都會和她起衝突。也許他們覺得她是個精神有問題的女性主義分子，以為後者的執念是閹割她們見到的每一個男性。

透過三公尺高的落地窗，她看到僕役長拿著她的傳單走向一棵大菩提樹。花園裡的羅廷傑夫人像女神一樣完美又驕傲，她站了起來，面前是個坐在輪椅上的少女。少女有一頭棕髮，一撮染成紫色的頭髮落在她額頭上。她注意到這對母女不知為何爭執，女人以手勢表示出對少女的反對。僕役長打斷她們的談話。羅廷傑夫人看著傳單，回到主屋。

捕蠅人趁這個等待的機會觀察獲救的女孩。在溺水時的一片混亂中，她是否看到了營救者的臉孔？如果有，她是否形容得出來？她很想問女孩，但大家一定會阻止她靠近。所以，她必須蒐集足夠的資訊，好建立檔案交給調查人員，還要希望他們能接受，好去調查神秘客。至少，他們也該查出他的身分，以及為什麼他救了人之後就離開。

「您好，僕役長告訴我說您想見我。」羅廷傑夫人出場了。

她是否為了捕蠅人正在觀察女兒而感到驚訝？總之，僕役長陪伴在她身邊，留在現場觀察狀況。

捕蠅人自我介紹，說：「抱歉來府上打擾，發生了這些事，我不想打亂您的私生活。況且我對這件事的結果感到很欣慰。」

「請問這是什麼意思？」羅廷傑夫人把傳單還給她，說道：「我女兒沒受到暴力攻擊，那是意外。」

她採取了防衛態度。她以為我想要錢，捕蠅人心想。顯然有其他人想從中獲利。

「我沒這麼說。」

「那麼您為什麼來這裡？」

「我有興趣的，是救了您女兒的男人。我經常碰到一些缺乏良知，什麼事都做得出來的人。這件事──有個男人冒著自己的生命危險拯救陌生女孩的性命之後就消失，沒等人道謝，確實值得……深入追究。」

她希望自己模糊的說法足以說服羅廷傑夫人。

「如果這位先生不希望曝光，我們也只能尊重他的決定。我們只想忘記。」

你們想要的是讓大家忘記，捕蠅人心想。這她能體諒。而且她要仰賴的就是這個想法。

「事實不見得永遠與表象相符。這個男人可能有必須消失的理由。這個原因，可能與您的女兒沒有關係。」

這是個嚴重的指控。羅廷傑夫人咬著嘴唇。在考慮每個可能的答案之前，她和她丈夫一定也提出過相同的問題。

「您要多少錢？」她強作鎮定地問。

捕蠅人發現這個女人不習慣表露自己的情緒。在她的生活圈中，流露情緒必然是件不合宜的舉動。

有錢人啊，就像宴會的賓客，永遠沒有結束的時候，她心想。他們沒辦法不跳舞，沒辦法停止微笑。

「我不要錢。我只是要一點協助，幫我找出這個男人。」

捕蠅人的言外之意，是她對這件事的瞭解比說出來的多，而且建議羅廷傑夫人暫時不要理會警方。

「我必須和我丈夫商量。」

捕蠅人怕的就是這個答案。大家都聽說過，羅廷傑先生的態度比他妻子強硬。她必須堅持。

「那條手帕。在您女兒痙攣發作時，那個男人把自己的手帕塞到您女兒嘴裡。醫院應該把手帕和您女兒的衣物一起還給你們了。如果您把手帕交給我，我保證我立刻消失。」

這是個誠懇的提議。她不要錢，只要一條手帕。羅廷傑夫人正在考慮時，僕役長清清喉嚨好引起她們注意，然後往前走了一步。

「醫院交還的東西裡沒有手帕。」

捕蠅人猶豫地看著他。她應該相信他嗎？這可能是爭取時間的藉口。

僕役長走過來，彷彿看穿了她的想法。「那些東西還在原來的袋子裡。如果您想看，我可以拿給您看。」

接著他轉身看著女主人，等待她同意。

看到她點頭之後，僕役長走出書房。

捕蠅人和羅廷傑夫人跟在僕役長後面。她的球鞋踩在大理石地版上發出刺耳的摩擦聲，女神般的羅廷傑夫人的高跟鞋則是發出優雅的敲擊聲，兩者大相逕庭。一行人穿過幾間接待室、大得像餐廳的廚房，接著是幾間員工使用的空間，最後終於走進洗衣間。

裝著少女私人物品的幾個袋子就放在架子上。捕蠅人走過去看。確實，這當中並沒有手帕。

「不可能。」

她簡直不相信，但又不能透露自己在警方的報告裡看到過照片附件。如果說出來，他們肯定會質疑一個平民怎麼會拿到機密文件，如此一來，潘蜜拉會有麻煩。

「從聖安娜出院時，院方交給我們的東西全在這裡了。」僕役長向捕蠅人確認。

手帕和那截紅色指甲一樣，都消失了？這未免太過巧合，但是她一時找不到其他解釋。

「容我補充一點，」僕役長說：「如果這個男人真有什麼事要隱瞞，他絕不會在消失前，輕率地把手帕留在碎石灘上。」

這個說法合理，羅廷傑夫人似乎終於放鬆下來，對這個大膽來騷擾她、令人不愉快的小女人，她沒什麼好擔心害怕的了。但隨後，捕蠅人在羅廷傑夫人的臉上看到疑惑的表情。她認得這種眼神，因為她太常看到。此外，潘蜜拉也警告過她。

「等等……」女主人說：「我認識您，您是……」

「假如，有知道妳過去的人牽扯在其中……」

「是，」她保持冷靜地說：「我就是那個母親。」

她為自己來打擾道歉，然後離開別墅。她憤怒地雙手握拳，快步走向自己的小車。她不但失敗，還自找羞辱。再加上，如果羅廷傑家把她來訪的事告訴警方，她最好的朋友也會惹上一身腥。突然間，她覺得自己好像聽到風吹來一陣憂鬱的歌聲。但她手機的來電鈴聲蓋過音樂，螢幕上顯示的，是要求她付費的一通未知來電。捕蠅人連看都不必看：她知道。

時間真是抓得太準了，拒接來電前，她這麼告訴自己。

20

星期四早上十一點，她知道該上哪裡找他。雖然他們許久沒見，捕蠅人確定那男人的習慣沒有改變。

事實上，她一走進科莫舊城中心那間漂亮自助餐廳的門口，就瞥見他的身影。他坐在內側一張桌邊，離洗手間不遠。林納迪教授隱身在來喝杯咖啡或吃個可頌、川流不息的往來客人間。他正在讀報，每當要翻頁，就先用舌尖舔濕指尖。他面前有一杯卡布奇諾。她知道咖啡裡加了酒——這要感謝他放在栗色外套外側口袋裡的隨身酒瓶。

捕蠅人走過去。教授抬起雙眼看著她。

「呦……」他說：「妳怎麼找到我的？」

「你的行事曆二十年不變。星期四早上你十一點到中午有個空檔。我可以坐下來嗎？」

他點個頭，捕蠅人坐了下來。

在這個距離，她聞得到他的口氣中有酒精味。

「日常生活都固定了。」她指著他下巴上的卡布奇諾開玩笑。「學校裡怎麼說的？」

「只要不影響到教學和學生的健康，他們沒什麼好抱怨的，我沒傷害到任何人。」

沒錯。林納迪教授是她見過最正直、最好的人。他教電腦。如果他懷疑自己的行為有影響學生的任何可能，他寧可辭職。

「我不知道為什麼，但我一直相信你會好好的。」她誠懇地說。

「經營這地方的兩個女孩是我從前的學生。」教授解釋道：「她們開業時，我協助她們把客人下的單子電腦化還建立網站。她們以讓我安安靜靜在這裡看報紙作為交換。我不會打擾任何人，所以……」

他沒把話說完，彷彿要告訴她這不干她的事。至少現在如此。

他搔搔濃密的鬍子。她心想，他不知多久沒刮鬍子了。他的頭髮亂成一團，頭皮屑掉在肩膀上。她又想起從前自己還照顧他的時候，她絕不會讓他以這副模樣出門。當年，她愛上了他藍色的眼眸，如今他的眼白泛黃，顯然他沒有好好照顧他的肝。

「當年，我該當個更好的妻子。」

「妳是來檢視妳的良心嗎？妳不該老覺得內疚，這對妳不好。」

他拿起杯子，喝了一口裡頭的液體。

他這個自我毀滅的過程始於五年前。從前，除了週六夜晚到披薩屋喝杯啤酒外，她從來沒看過他喝酒。有一天，在把他的衣服放進洗衣機前，她聞到了味道，於是明白了。此後，教授學會如何控制酒癮。他從來不喝醉。他的每日劑量是一瓶烈酒，無論什麼烈酒都好，但分散在二十四小時之間。對他而言，酒精不再是罪惡，而是一種妥協。林納迪教授努力維持長期麻木的狀態。五十六歲的教授沒有力量結束自己的生命，他只想挨到一天結束的時間，以及接下來可悲的殘餘歲月。

「我不相信妳來這裡只是為了批評我的生活方式。」

確實如此。

「我需要一個懂得駭入安全系統的人。我知道這樣要求你太過分，但我這麼做有正當理由。」

教授抬起手，伸到她面前。他的手在顫抖。

「這雙手從前可以在鍵盤上飛舞，如今我必須喝杯酒，才能讓它們平穩下來。而我喝了酒腦袋就不清楚，不能工作。」

「我不知道應該找誰。這件事很重要。」

「比我還重要？」他的語氣中帶著一絲苦澀。

她不知道該怎麼回答。

「從前的每個星期四，我們都會利用這個空檔回家親熱。」

他指的是他們從前的家，也就是他現在獨居的處所。捕蠅人沒有忘記那些時刻，她只是把它們留在過去。

「看看我們現在成了什麼模樣……」教授繼續說，接著才直接問她：「怎麼，有關什麼事？」

捕蠅人從牛仔褲口袋裡拿出一張折起來的紙，從桌下遞給他。

「全寫在這上面了。」

教授讀了之後，把紙條收在外套口袋裡。

「我應該能達成妳的要求。」

「謝謝。」

「妳在原來的工作崗位上表現得很好，我一直不瞭解妳為什麼離開。」

但其實他懂：和她離開他的原因相同。

「這時候和妳見面有點奇怪。」

「紀念日。」她接著說，表示她也沒忘記。

「從前我們會慶祝我們的結婚紀念日。現在，我們只剩下這個日期……」

捕蠅人明白他想表達什麼：他想交換條件。

「你也接到了電話？」

教授點頭。

「你回應了嗎？」

「當然。」他驚訝地回應。

「結果呢？」

「五年過去了，他應當要有第二次機會。」

「在他做了那種事之後？你知道我是怎麼想的：他在他該在的地方，我不會幫他出來。」

「如果瓦倫汀娜同意——」

「再也別在我面前說這種話了。」

她氣瘋了，站起來準備走人。

教授低下頭。

「我懷念從前的日子，我想念妳……離婚不會抹滅掉記憶，即使我們分開，我們仍然繼續分享回憶。差別只在於不能一起分享。」

捕蠅人沒說話。這麼折磨自己沒有用，誰都不能回到過去。

林納迪教授帶著一抹憂傷的微笑向她道別。

「正如大家說的……直到死亡將我們分離。」

21

她受夠了讓傭人推著她四處走，於是很快就學會使用輪椅獨自行動。她整天都必須忍受這些人，希望至少能靠自己獨力做一件事。她不在乎是否會刮傷木地板，或是在白色大理石上留下黑色痕跡。移動時，她甚至會故意撞到家具、碰倒珍貴的瓷雕像。每次她這麼做，都會有人急忙過來修理、收拾碎片或打掃。這是她起身對抗這個家既定秩序和政權的部分游擊策略；是她對家人所謂「意外」的致意之道。

事實上，她心中充滿憤怒，不知該如何度日。看到所有嘗試破壞的舉動在傭人的干預下都引不起騷動，甚至連輕微的責罵都沒有，於是這天，她決定把自己在房間裡關一整個下午讀書。然而，她打開房門卻嚇了一跳。

女孩父親坐在她的床上等她。

他穿著灰色西裝打天藍色領帶，剛剛才下班。女孩小時候，父親的優雅，以及他把她抱在膝上時散發的香味讓她著迷。這幾年來，父女間的親密逐漸淡去，原因可能在她。即使她從不承認，但是她確實懷念那種感覺。

「妳好嗎？」父親帶著和藹的笑容問她。

他身邊有個繫著紅色緞帶蝴蝶結的白色大盒子。

「好得不得了。」她用自己討厭的虛偽音調回答。

「妳一定在想我為什麼會在這裡。」

「因為媽媽告訴你今晚有宴會。」

她等著父親發表長篇大論，闡述他多麼不建議她在這種狀況下去參加宴會。她床上的禮物是用來討她歡心的，但她對這種作法太熟悉，不會落入陷阱。她不能落入陷阱。

沒想到她父親再次讓她吃了一驚。

「我完全贊成，妳應該去參加。」

出了什麼事？她無法相信事情有這麼容易。得到了心中所想，她必定要付出代價。這當中必定有詐。

「但是你會告訴我說儘管如此，你還是會和媽媽站在同一陣線，對吧？」

「完全不對。妳十三歲了，我們不能再告訴妳什麼該做、什麼不能做。」

在他們眼裡，她突然成了大人。她覺得這不只是不可能，而且還很荒謬。

「那我猜，這個盒子裡裝的是一件晚禮服……」

她父親沒有理會她的嘲諷，自顧自地解開緞帶，拿起盒蓋，讓她看盒裡的東西：一副紅色的金屬撐拐。

「我覺得這比禮服好。這是我請工廠訂製的，獨一無二的碳纖維款式。」

女孩高興不起來，但她尤其無法相信父親站在自己這邊。爸爸，你不知道我多需要你和你的保護，她好想這麼說。特別是現在。就因為這樣，我才會在跳湖前把你的電話號碼寫在身上。她好想向他解釋自己一點也不想參加宴會，但她別無選擇。然後她還想跑過去摟住父親的脖子，像小時候一樣。

「我問過妳的骨科醫生了，他說，如果妳能架著撐拐走超過十步，從今天開始，妳就可以開始使用了。」

這句話像是潑在她身上的冷水。突然間，女孩的熱情熄滅了。這就是陷阱所在，她告訴自己。這是個考驗。她父親一向如此。他注意到她失望的臉色，露出了笑容。

「我要試試看。」她信誓旦旦地說。

在那場宴會上的會面，比任何事都重要。

「很好。」

他站起來，在她房間裡清出一條路，先搬走椅子，移開地毯，又挪開所有可能的障礙物。最後，他拿起她放在衣櫃上的白色小熊。他看著她小時候抱著睡覺的玩具熊。

「我記得這是我從紐約幫妳帶回來的，當時妳兩歲。」

他在史瓦茲玩具店幫她買了這隻小熊，而且經常說他會帶她一起去那家漂亮的玩具店。但這個承諾一直沒有實現，而現在呢，一切為時已晚。

他把小熊放在離她五公尺之外，當作終點線，然後遞出撐拐。

女孩固定住輪椅的輪子，站了起來。她接下撐拐，架在腋下，受傷的腳輕點在地上。她父親背靠著牆，交抱起雙手，準備觀賞、評斷這場荒謬的挑戰。女孩看著小熊的眼睛。

她踏出第一步。

這並不難，但想高喊勝利確實太早。第二步一樣簡單。到了第三步，腳上的夾板差點害她失去平衡。第四步邁得很快，第五步讓她重拾勇氣：已經走過一半了。第六步，她覺得自己的雙手鬆了，雖然一側膝蓋彎曲，但是她沒有跌倒。第七步，裂傷的肋骨痛得讓她停下來喘氣。她想放棄，想把撐拐扔向牆壁，但她不願意放棄。第八步走得她筋疲力盡，汗水沿著她的前額往下滴。第九步，她咬緊牙關輕哼了一聲，因為她脫臼的肩膀也開始痛。

小熊就在前面了，她只差一步。

她背對著自己的父親，但她心想，不知道他臉上會是嘲諷或是鼓勵的表情。當她走完最後一步時，她本想高興地狂歡，但她忍了下來。她寧願利用父親這次的失敗。她終於看向他。

工程師羅廷傑先生一如往常，一副不為所動的模樣。

「太棒了。」他只這麼說。

「教我不要輕言放棄的人，是你。」

但她父親沒有理會這句讚美之詞。他走過來拿起小熊，輕撫小熊的肚子。

「奧斯卡會陪妳去參加宴會。他會在外面等妳。」

奧斯卡不只是他的司機，還是他的保鏢兼男僕。

「好。」女孩累得坐在自己的床上。

離開房間前，她父親把絨毛玩具交還給她。

「正如我剛剛告訴妳的，妳是唯一知道做什麼對妳才好的人……雖然說，在某些方面，我們都必須承認妳還是個孩子。」

當房間裡只剩下她一個人時，染了一撮紫色頭髮的女孩終於釋放出心中的怒火。她淚流滿面，一把抓住小熊的頭把它扯斷，然後扔到書桌下的垃圾桶裡。

22

大家都避開她家。

小孩騎腳踏車路過時會加速，年長婦女會在胸前劃十字。一天晚上，她嚇到一群帶著十字架和蠟燭來舉行某種儀式的青少年。自從報紙上一篇文章用「恐怖屋」來形容她家時，湖畔居民也跟著這麼叫。幸好她父母沒活到現在，不必親眼目睹住了五十年的家和這種陰森的名稱劃上等號，也不必承受羞辱。

捕蠅人每次回家時都這麼想。

她從前生命中的熟人都會想，在發生過那些事之後，她為什麼還要住在裡頭。但五年後，沒有人再問她這個問題。她的一些朋友離開她的生命，而她不能怪這些人，因為沒有人願意和被死亡玷汙的人為伍，尤其是是那麼駭人聽聞又無法解釋的命案。她還帶著血腥味。這股腥臭讓所有人都不想接近，唯一例外的，只有蒼蠅。

她打開小屋一樓的門，看到信箱裡有一只信封。

她的前夫履行了承諾。

她把信封放在書桌上，先去上廁所——她剛才一上車就充滿尿意。她整天都在湖邊。從前，開車有助她釐清許多想法。排空膀胱時，她想著，在把奈索撈到的手臂和紅色指甲歸檔結案前，還有一個可能性。

哀傷的人特別受到細節所吸引。

這是她心理師說的，而且他還加了一句話，說她的人生從此會充滿執念。這可能是她和心理師兩人間的唯一共識。心理療程沒為她帶來收穫，儘管如此，她仍然繼續治療，把這當成提醒自己失去理智與否的警鈴。

她最深的恐懼，是沉溺到瘋狂當中。

上完廁所後，她撕下幾張衛生紙，穿上牛仔褲，按下沖水鈕。經過鏡子時，她放慢腳步，心想自己的女性特質、想打扮自己的欲望，以及想為悅己者容的心思如今去了哪裡。這與年齡無關，五十三歲的她依然年輕。某種醜陋的東西進入她體內，並且為自己築了巢。這個寄生物仰賴痛苦而生；她在鏡子裡看到的女人是她和這個寄生物的綜合體。她又想到林納迪教授。他同樣也是被痛苦附了身。

「直到死亡將我們分離……」

她走出浴室去開啟電腦，在等待電腦啟動完成時打開了前夫留給她的信封。信封裡有個USB隨身碟，裡面存了好幾個來自聖安娜醫院的影片檔，這些檔案是羅廷傑家女兒意外後、住院四天期間的監視錄影影像。

總共是九十六小時。

如果有必要，她有心理準備全部看完，但是她相信自己要找的片段絕對發生在夜裡——醫院最安靜的時候。出入最不易被人發現的時間。

她挑了介於晚上十一點到凌晨五點的影片，決定從第一天，也就是星期五意外發生當天開始。

螢幕切割成九個視窗，每個視窗代表一處錄影機。這些廣角錄影機錄下了主要出入口、走廊和電梯出口。為了隱私，所有病房都沒有錄影，因此捕蠅人無法知道少女住在哪個病房內。

這時才傍晚七點，但她已經做好熬夜的心理準備。她為自己煮咖啡，再帶著滿滿一大杯咖啡、點了一根菸回到電腦前。

加護病房和重症病房的一切活動都像慢動作，醫師和護理師鎮定地進出加上與世隔離的氛圍對她有種催眠作用。她眼睛看著螢幕，但心思飄到他處。

與教授再次見面後，她便等著自己的過去到訪。每當她站在自己用鑰匙鎖起來的門前，這種事就會發生。有時，會有人來敲其中一扇門。而這個人通常很像瓦倫汀娜，她流著淚，雙手雙腳都是血，雙眼宛如屍體那樣空洞。

「我就是那個母親……」

每次想到自己的未來，捕蠅人總會想像自己在一棟住滿鬼魂的房子裡，而她越來越尖酸，越來越孤獨。她人生中最糟的事，是困在「現在」當中。痛苦阻止了時間的流逝。她的痛苦剝奪了她想像著改變、解脫甚或變得不一樣的可能性。

「看看我們現在成了什麼模樣……」

林納迪教授說得對。而且，他們變成這副模樣並不是好幾年工夫，而是在一天之內。那該死的一天。如果時間更久一點，她便感受不到一直困擾著她的深切罪惡感。但那天如此之短，她本該能阻止這件事的。

如果我當初看著……如果我早點發現任何徵兆或警告……甚至，如果我早點到場……

通常，她會避開這些永遠導向同一個結論的心理陷阱。

我本來可以救她的。

她的前夫對殺害瓦倫汀娜的凶手太寬容。

「五年過去了，他應當要有第二次機會。」

不。沒有第二次機會。教授也許想遺忘，想壓抑，想抹煞，這足以解釋他想和那怪物和解的想法。又或者他是想結束痛苦，若是這樣，她不能怪他。孩子的死亡本身就是一場悲劇，但用那種方式失去生命是最慘烈的狀況。因此，捕蠅人認為自己受到的折磨，是對加害者譴責的一部分。而因為她沒有清楚地張開眼睛，沒有好母親的擔當，這折磨於是成了附加刑期。

監視影帶還在繼續播放。時間是九點半，還有很長的影片要看。然而，在螢幕前坐了兩個小時半之後，她的呼吸越來越規律，舒適感油然而生。

影片裡的員工走廊上沒有別人，只有一名穿著襯衫，戴著口罩和帽套的男性清潔工推著機器清洗地板。他緩慢的動作有種催眠能力。捕蠅人點了菸，看了空杯子一眼，準備去煮另一杯咖啡。從前她喝三杯以上的咖啡就會心跳過速。當時她自我保護的功能還能運作，生活仍有目標。這時她的右腳搔癢難耐，她本能伸手去抓，沒想到菸頭碰到了桌邊，菸灰往下掉，在她連忙挪開身子免得燙傷，手肘卻撞倒咖啡杯。杯子掉了下去，摔破在地上。

「該死！」

她用一隻手撿拾瓷杯碎片，丟到桌下的垃圾桶裡。桌上有個裝滿菸蒂的小碗，她另一隻手上夾著菸，像捻碎一隻無用昆蟲般，在小碗裡捻熄菸蒂。在清理毛衣上的菸灰時，她無心瞥了螢幕一眼，發現到一個細節。她突然停下所有動作。

在她忙著拯救自己笨拙造成的災難時，那名清潔工把機器留在走廊上，人卻消失了。引起捕蠅人的注意的細節，是男人並沒有停下機器，旋轉刷仍然在運轉。

這是怎麼一回事？

她等著他回來，猜測他應該是去找繼續工作所需的什麼東西。例如工具或清潔劑。但是他的舉動實在不尋常。她盯著在原地打掃的機器看，這東西像個無法偵測到動作無效的機器人，不停重複同一個工作，只為了執行指令。

她覺得男人應該不會再出現，於是打算回到後面。就在這時，她看到男人從某間病房裡走出來。他進去做什麼，為什麼會去那麼久？更重要的是他去看哪個病人？

事實上，捕蠅人已經知道了答案。她不能證明，但她相信那一定是羅廷傑家女兒的病房，而把臉孔藏在口罩和帽套下的男人並不是醫院員工，而是去拿回不小心留在湖邊小碎石灘上的手帕。她開始焦慮。

哀傷的人特別受到細節所吸引，她心想。這是她無法放棄的理由。

對其他人來說，這些不過是猜測；但對她而言，這證實了她到目前為止沒有犯錯。外頭有個有所隱瞞的人。一個有著可恥秘密的人。一隻該追捕的蒼蠅。

23

那棟別墅是貝拉吉歐最受矚目的豪宅之一。她之所以知道，是因為她母親不停地詆毀住在裡面的人。豪宅的車道兩側各有一排火炬伴隨著前來參加宴會的高級轎車。房子正面的窗口擺著許多照明燈，十來道閃亮的火光，在漆黑的夜裡更顯得耀眼。

染了一撮紫色頭髮的女孩穿著普拉達的斜紋布黑色洋裝，細腰帶的扣環鑲著青金石，單腳穿著裝飾著金色小蜜蜂的古馳黑色皮短靴，當然了，還架著她的紅色撐拐。她頭上戴著髮箍，至於化妝，她只簡單地大致畫上眼線。她知道自己不漂亮，但即使她因此受苦，她也要宣稱自己不在乎。和她同齡的同學開始發育，只有她還像根竹竿。她一向苗條，有這種身材，很難對別人謊報年齡。其實，她有點希望時間能倒流。因為她認識的所有大人都不幸福，也因為在她更小的時候，她可以仰賴父母的保護。十三歲的女孩有兩個互相拉扯的希望，她希望長大，也希望變回小孩。但這次，她必須靠自己。

轎車在離紅毯幾公尺外停下來，這條紅毯通往花園裡的大帳棚。在白色的帳棚布後，閃光燈隨著音樂的節奏閃動。

「我幫妳好嗎？」司機轉頭看著她問道。

「我可以，謝謝你，奧斯卡。」

「我會留在這裡。如果有需要，隨時打手機給我。」

「好。」她回答——儘管她沒用手機。

接著，她等奧斯卡幫她開門，下車後，她鼓起勇氣——她花了一下午時間在家練習如何盡可能不笨拙地走路。她駕著撐拐，走向大帳棚。

她進場時，宴會已經來到了最熱鬧的時候。一如預期，賓客中有許多和她有往來的私立中學學生。但她覺得現場也有些高中生。她一路走過，大家紛紛轉頭看向她。湖邊意外發生至今還不到一星期，她會來參加宴會，賓客都覺得驚訝。是啊沒錯，我才從死人的世界回歸，她心想。然而，除了手臂和雙腿上的擦傷和腳踝的夾板外，她一點也沒有改變。

「妳好嗎？」一個口齒不清的聲音問道。

女孩轉過頭，看到瑪雅——她最要好的閨密——穿著迪奧的緊身洋裝，因為戴著牙套的關係，她的發音受阻。她沒有等女孩回答，便感情豐富地摟住她的脖子。

「我很好。」女孩向瑪雅保證，沒去理會自己肋骨邊的疼痛。

「妳把我嚇死了！」

瑪雅生了張漂亮的臉孔。她雖然胖，但完全不在意其他人的批評。染了一撮紫色頭髮的女孩很喜歡她，因為瑪雅從未打算放棄蛋糕或其他甜食。相反地，她透過在米蘭蒙特拿破崙街和斯皮加街等高級購物區買來的戰利品不斷翻新衣櫃內容，來展現自己的身體。

「我以為妳今晚不會來。」瑪雅拉開兩人的距離，看著她說。

「我想透透氣，看看大家。」

這是謊言，她環顧四周，想找出她唯一想見的人，卻沒有找到對方身影。

「妳記得我們年底要一起到西班牙伊比薩島嗎？妳戴著這東西怎麼去？」瑪雅指著女孩腳上的夾板。

她們計畫這個行程好幾個月了。但接著她們漸行漸遠，染了一撮紫色頭髮的女孩以為她的朋友不想和她一起去。

「我猜今年我又得去我祖母在托斯卡尼的家了。真麻煩。」瑪雅接著說。「聽著，我不曉得妳最近怎麼了，就這麼消失蹤影又不聯絡……我是對妳做了什麼事嗎？」

「不是妳的關係。」她急著回答。

她們關係不如以往親密的原因，和她不想說出來的事件有關。況且，除了她們的友誼外，還有許多事情也跟著改變。而且是變得更糟。染了一撮紫色頭髮的女孩為難起自己：她多麼希望能回到從前的日子。她打算告訴她的朋友，表示自己有多遺憾、有多想重拾她們的關係。但是在開口前，她看到自己要找的人。

和幾個朋友在帳棚另一邊的年輕人有一頭及頸的栗色頭髮，笑容迷人，綠色的眼眸十分燦爛。他穿著牛仔褲搭配針織衫和莫卡辛便鞋，態度就像學會到處都自在的人那般從容隨意。

女孩的心跳加速。

瑪雅明白了。

「那個小渣男開著他爸爸送他的新跑車來的。」

她朋友口中的「小渣男」叫做拉費爾，十九歲，是個高中生。一個擁有模特兒凹凸曲線的金髮女孩走向他。兩人擁抱親吻，男孩把手放到金髮女孩的臀部。

「啊，小公主也來了。」瑪雅接著評論：「我還真納悶，和混蛋約會是什麼感覺。」

瑪雅受不了他，因為，過去在她還沒有今天這種自信時，他曾經公開嘲笑她的體型。此後，染了一撮紫色頭髮的女孩便一直和他保持距離，擔心孩子般的可恥體型會給自己帶來同樣的命運。

但有一天，拉費爾注意到她。

這突如其來的興趣是女孩疏遠瑪雅的一個原因：她不想要拉費爾拿她們做比較。現在，她覺得自己太小氣。但反正她決定了，今晚就要把事情做個了斷。

她必須等到拉費爾身邊沒人的時候。半小時後，她看到他在花園裡抽菸。這正是和他碰面的好時機。

拉費爾背對著她，一手插在口袋裡，看著泳池和一個與他年紀相仿的傢伙說話，但穿著格子襯衫的後者很快就離開了。

拉費爾轉身看到她。他沒說話，光是面帶微笑，朝房子的方向點個頭。她架著撐拐，遠遠跟著他。

他登上大理石迴旋梯。女孩辛苦地來到高處，看到站在走廊盡頭的男孩。他在一扇關上的門前等著她。她走到他身邊。

「我聽說了妳的事。」他說。

但是她不想提湖邊的事。她懷著確切的目標而來，擔心自己失去勇氣，她直接切入正題。

「我要停止這件事。」

「怎麼說？」

他在裝傻，她感覺得到。事實上，他一點也不訝異。

「是因為剛才的親吻嗎？」

她不在乎他是否親吻了他發誓不下千次要分手的女朋友。她跨出這一步有其他動機，他自己應當要明白才對。

「我不在乎她，我不願意繼續我們做的事。」

拉費爾交抱起雙手。

「我們做的是什麼事？我很好奇……」他覺得好笑地問道。

她不說話，但直視著他的雙眼，不願垂下目光。這是為了讓他明白她是認真的。

年輕人於是改變了態度，他軟化下來，輕撫她的臉頰。

「我不想和妳吵架，寶貝。」

她搖頭；不想要他碰觸她。

「妳為什麼這麼做？妳不想再和我在一起嗎？」

他蜜糖般的輕聲細語惹惱了她。直到幾週以前，她絕對想不到自己有朝一日會得到他的憐愛。一開始，她還不太敢相信。接著她接受了，但從未自問一個像拉費爾這樣帥氣又受歡迎的男孩為什麼會對像她這樣不起眼的女孩感興趣。她害怕發現這只是個夢，或更糟的，是個噩夢。是幻想——出自某個突然自以為吸引人的女孩。

「我要你刪除那些照片。」她堅定地說。

年輕人放聲大笑。

「我不是開玩笑的！」

這時候，她發現他抬頭看向她背後。她轉頭看到稍早和拉費爾在泳池邊說話、穿著格子襯衫的傢伙。她明白接下來會發生什麼事，感到無比哀傷，但是她盡力不讓自己的淚水潰堤。

「妳要給我另一個證據來證明妳的愛，寶貝。」小渣男說。

已經有好幾個月時間了。一開始，那就像是無傷大雅的小請求。接著他的底線越拉越高，要求她做更多讓她不自在的事。她從未拒絕，相信他讓她做「試驗」是正常的事，因為她是新手。而且他聲稱一切都是為了她好。但經過一段時間，她開始覺得不舒服。骯髒。而且更荒謬的是，覺得那都是她的錯。

「我辦不到。」這次她說。

他顯然不怎麼愉快。

「妳不能這樣對我，否則別人會怎麼看我？他是我的朋友，而且我已經答應了他。」

她真是蠢，她以為她現在的狀況——夾板加上其他——會打消他們的興致。但事實不然。

「我不願意。」她回答，聲音破碎。

拉費爾靠過來，她聞到他帶著菸味的口氣。

「現在妳要和他進這個房間，做妳該做的事，清楚了嗎？否則那些照片會出現在所有市民的手機上。」

女孩無法想像他做得出那種事。

「我爸爸會提出告訴。」她威脅道。

「妳爸爸會以妳為恥。」他冷冷地說。

接著他走向走廊，和另一個傢伙交換個手勢，後者朝她走過來。

當他們錯身而過時，染了一撮紫色頭髮的女孩注意到一個人把鈔票塞到另一個人手上。

24

她試圖放空，讓年輕陌生人做他想做的事。重點是，他必須要快。他結束後急著離開，彷彿剛才發生的事讓他尷尬。

說來矛盾，她竟為他感到難過。

他離開房間後，她在床上躺了一下，眼睛直盯著天花板看。她的裙子被掀到肚臍上方，私處又辣又燙。當他像跑完一圈的狗一樣氣喘吁吁時，染了一撮紫色頭髮的女孩沒有發出任何聲音。她忍耐他壓在她身上和胸口的重量。到了最後，他急急忙忙抽出，在女孩的肚子上留下少許興奮的證據。她能感覺到溫熱的液體沿著她的臀部往下流，於是抓起床單的一角用來為自己擦乾淨，然後坐起身子。她頭暈目眩。她拉下裙子，打起精神，拿起撐拐，準備也離開房間。

她扶著欄杆走下大理石旋轉梯，每一步都讓她的腳踝像抽筋一樣。快走到樓下時，她看到瑪雅走過來。

「妳去哪裡了？」她的朋友焦急地問。「我到處找妳。」

女孩覺得反胃。

「妳知道洗手間在哪裡嗎？」

「當然知道，在那裡。」瑪雅回答，扶著她走過去，接著把自己和她一起關在裡面。

女孩看著鏡子裡的自己。她臉色蒼白，黑色的眼線暈開後流到她的臉頰，但她不記得自己哭過。她打開水龍頭，靠在洗手台上讓自己喘過氣來。

「妳是嗑藥還是怎麼了？」瑪雅換了個語氣問她。

「沒有。」

有一次，拉費爾強迫她吞下一顆桃紅色的藥丸。他當時說，我們來開心一下。她從來不曾瞭解所謂的「開心」包括什麼，因為除了醒來後發現自己全身瘀青之外，她什麼都不記得。

「妳可以幫我去找奧斯卡嗎？我想回家……」

瑪雅猶豫了，她不願意把這個模樣的女孩單獨留在這裡。

「拜託妳。」

「好吧。」

瑪雅離開洗手間之後，女孩反胃地彎腰嘔吐，但什麼也沒吐出來。她打個嗝，感覺到一股熟悉的味道由肺部往上升。湖的味道。

她又想起從湖裡救起她的男人，她的神秘英雄。她放聲喊：

「你在哪裡，該死的傢伙？為什麼我現在真正需要你的時候你卻不在？為什麼你沒讓我淹死，混蛋？！」

在哭泣和辱罵間，她短暫轉頭看著窗外。她覺得自己彷彿在玻璃窗外看到什麼東西。兩顆小眼睛瞪著她看。

她差點尖聲驚叫，但她捂住嘴巴。她往後退了一步，差點絆倒。接著她往前走一步，然後又是一步。來到窗戶邊，她抓住把手用力拉開。有個東西掉到她腳邊。她不解地看著。

地上躺著的，是稍早女孩在氣頭上，被她粗暴對待的小熊。

有人把它的頭重新縫了上去。

三月二十五日

修女來喊人時，那新來的孩子正在和其他小孩一起吃早餐。他身邊全是空位。修女只說有人來找他。只有特殊的孩子才能離開這所機構，他心想，一邊去打包行李。這話他聽過多少次？

孩子不知道來的是誰。這是三年來第一次有人來探視他。他很興奮也很高興。他沒有需要道別的朋友，和這個地方之間也沒有任何記憶連結。住在這裡期間，他都是一個人。從第一夜起就是如此。那是個充滿哭喊、血水和復仇的日子。

米奇至少有一點是正確的，他教會孩子怎麼當個男人。

事發後，再也沒有人敢傷害他、嘲笑他沒有頭髮或他腦袋兩側的拉鍊。大家都躲著他，他就像隻被踢過太多次的流浪狗，學會了以咬人來自我防衛。

行李整理好以後，修女把他帶到負責人的辦公室。門一打開，孩子就認出一張熟悉的臉孔。

瑪汀娜長了一些白頭髮，但她依然是她。瑪汀娜對他露出微笑。

「嗨，我們要去搭火車，我幫你找到一個家庭。」

孩子本來已經放棄，不再抱著希望。他以為「他的故事」是個無法跨越的障礙。雖然說，他完全不知道自己有什麼故事，因為從來沒人向他提起。

瑪汀娜帶著他搭計程車到車站。司機透過後視鏡打量他。孩子知道，那是因為他的外表。瑪汀娜沒有發現司機的視線，和孩子說話的樣子彷彿他們才一星期不見，儘管如此，他仍然可以感覺到某些改變。

「妳為什麼不再來看我了？」他喃喃地說。

她告訴他，這段期間她遇到一個男人，兩人結了婚。

「因為我先生的工作，有段時間，我們搬到離這裡很遠的地方。」她解釋道：「但現在我們回來了，我也回到工作崗位上。」

孩子不恨她。基本上，瑪汀娜只是在告訴他說她的生活照舊。沒有人有義務拯救世界。即使有些人因為覺得自己遭拋棄而痛苦也一樣。世上有人幸福，有人付出代價。機制就是這麼運作，無論是他或瑪汀娜都無法改變。

「你和機構裡的其他孩子相處得怎麼樣？有沒有交到朋友？」

有那麼一會兒，孩子以為她想談第一天晚上發生的事，但她什麼都不知道，這讓他鬆了一口氣。

「有，我交了好多朋友。但是維拉從來沒有來探望我。」

瑪汀娜輕撫他的臉頰。

「維拉再也不會回來了。」

他不知道自己該不該難過。或許應該吧。維拉畢竟是他的母親。他想像她身處在某個溫暖的地方，身邊包圍著她鍾愛的蒼蠅。但真相是他對她不再有感覺。他不敢告訴瑪汀娜，怕她會以此評斷他。

已經好一陣子了，孩子對任何人都不再有感覺。

這段旅程花了他們好幾個小時。他從來沒搭過火車。瑪汀娜注意到其他乘客的目光，才為他戴上她帶來的棒球帽。

「不要摘下帽子，好嗎？」

他們晚上才到達目的地。他的新家人住在所謂亞平寧山區的一個小村莊裡。要抵達小村莊，他們還得另外搭汽車。有個男人在車站前等他們。孩子知道這是他的新爸爸，但他不知該怎麼稱呼這個男人。他從來不曾擁有父親。當然，維拉那些蒼蠅例外，但他也不曾稱呼他們爸爸。

他的新爸爸很高，肩膀很寬，手掌很大，臉上有一絲哀傷和多疑的陰影。他的新爸爸盯著他看。孩子不喜歡有人這麼看他。

「我們現在要道別了。」瑪汀娜宣布。

「妳不陪我嗎？」

「我要回我先生身邊去，但你在這裡會好好的。」

孩子不曉得瑪汀娜的丈夫是誰，但他認為對方能遇到她是他幸運。他抬頭看著來接他的男人，簡單地說：

「我們走吧。」

孩子自己也不曉得為什麼，但他牽起男人的手。男人似乎不介意。他們一起走向汽車。

他的新家在樹林中。門一打開，就有個穿著天藍色圍裙的女人笑著來歡迎他。她很漂亮，頭髮梳得很整齊，而且還有美食的味道。

「歡迎，」她熱情地說：「這裡就是你家。」

孩子觀察他的新父母，立刻發現有些事情不對勁。他們勉強裝出年輕的樣子，但其實他們老了。

同樣地，這棟房子也很奇怪。每一間房間裡都有一張搖椅。

他的新媽媽似乎沒注意到他的外表，幾乎沒注意到他的光頭和傷疤。更甚者，是她連問都沒問起他的牙齒到哪裡去了。晚餐時，只有她一個人在說話。他的新爸爸埋頭吃，迷失在自己的思緒當中。孩子開始自問，不知他的新媽媽這麼親切，是否等著什麼交換條件。

「你喜歡冰淇淋嗎？」他們正要吃完可口的蔬菜時，她這麼問他。

「是的，媽媽。」他這麼回答，是因為他以為這是她想聽的稱呼。

他的新母親雖然面帶微笑，但什麼話也沒說。

「我們明天吃冰淇淋，你搭了這麼久的車應該累了。」一會兒後，彷彿什麼事都沒發生過似地，她繼續以歡樂的語調說話。

他的新爸爸和新媽媽帶他到他的房間，那房間又漂亮又寬敞，裡頭的所有東西都是新的，包括家具、書、玩具這些他從來不曾擁有的物品。衣櫃裡有些衣服，但他的新媽媽保證他們很快會再去買合身的新衣服。他們站在門口還沒有走開，孩子心不在焉地轉身面對走廊，發現了另一個房間。

在昏暗的光線下，他看到一扇霧面玻璃門。那扇門是綠色的。

「你怎麼了？」他的新媽媽注意到他的困惑。

孩子無法回答，他整個人都傻了。他有種感覺，好像看到半透明的門後有個人影經過。

「你絕對不能進到裡面，知道嗎？」他的新爸爸堅定地說。

房子的光線暗去，該是上床睡覺的時候了。孩子在他的房間裡，他的新媽媽為他端來一杯水，幫他蓋好被子。他雖然累但卻不想睡。他沒有動彈，光是張大雙眼，因為他擔心閉上眼睛會出事。在寧靜的夜裡，他聽到風吹動樹木的枝幹，吹在房子上。沒多久，他聽見一個聲音。一開始很微弱，接著越來越清晰。

兩個拉長的音符流瀉出令他不安的溫柔。像是熟悉的呼喚。

孩子知道，如果自己不回應，口哨聲不會停下來。雖然他的新爸爸說過，他還是爬下床，慢慢走向走廊，服從那個呼喚。走到綠色的霧面玻璃門前，他轉動插在門把鎖孔裡的鑰匙。一打開門，一股熟悉的味道便撲鼻而來。

消毒藥水的味道。醫院的臭味。

他往前走。透過天窗，月光帶來的微弱光線讓金屬床的鍍鉻閃閃發亮，床邊有一些關掉的機器。他看到一個點滴架和一台送藥車，但牆壁漆成彩色，房間裡還有玩具。

這是另一個孩子的房間。

他聽到嘎吱聲，轉過頭，黑暗當中，搖椅在擺盪。上頭坐著一個人。他在抽菸。

「你注意到那男人到車站接你時的眼神了嗎？」米奇吐出一片煙霧，說：「看到你這麼醜，他一點反應也沒有。」

「那女人也一樣，」孩子回答：「也許他們不在乎。」

米奇笑了出來。

「真相是，無論來的是誰，對他們來說都一樣。」

「這是什麼意思？」

「這是說，不管來的是你還是別人，都沒有差別。」

孩子聽不懂。

「他們本來有個兒子，那兒子死了。你這隻乖巧的小猴子是來取代他的。」

孩子再次環顧房間。米奇錯了，他們選擇他一定有他們的道理。

「他們就不能不收養我，自己再生一個嗎？」

「他們的兒子死了很久，現在對他們來說太晚了。」

「老人不能收養小孩。」他回答。他相信一定有人為了他破例。

因為他特殊。

「你是垃圾，小鬼。」米奇回答：「你會在這裡，是因為他們很容易滿足，有你就夠好了。」

即使他寧可不信，但孩子知道這是實話。

「以你的故事，你還期待什麼？」

米奇顯然也知道這個故事。於是孩子決定碰碰運氣：

「我有什麼故事？」

米奇深深吸了一口菸。

「你真的想知道？」

「對。拜託你。」

米奇考慮了一下。

「好吧，小鬼。但是從今天起，你必須聽從我的命令。」

25

幾隻貓圍到他身邊，磨蹭他的腳踝。清潔工關上二十三號的門，而且一如往常地豎起耳朵傾聽，確定這裡只有自己一個人。他手上拿著一個袋子，裡頭裝了從自動販賣機買來的兩個總匯三明治和一小瓶水。

他下班沒有先回公寓，而是直接過來。他不想遇見米奇，免得還得向他解釋。畢竟，這麼多年下來，米奇為他做過多少事？反觀清潔工呢，他不但照顧米奇，還處處縱容他。他滿足米奇所有的需要，即使是最不愉快的要求也一樣。而米奇卻沒有做到他的承諾。

米奇還沒把他的故事告訴他。

因此，清潔工完全不想解釋自己為什麼花了過去二十四小時來陪伴染了一撮紫色頭髮的女孩。

她坐著輪椅獨自在花園裡吃早餐時，他就從高處看著她的住處。他看到女孩仰頭閉上雙眼，於是他模仿她的動作，也發現了風的吹撫。作為回報，他拿起他在跳台上找到的手機，播放困在手機裡那首她最喜歡的歌曲。

這是讓她知道他就在附近的一種方式。讓她知道自己不必害怕。

接著，他借來米奇的飛雅特廂型車，跟蹤著她參加宴會，好把她的小熊還給她——他在垃圾桶裡發現那隻被扯斷頭的絨毛玩具。他看著她優雅地下了車，走進明亮又充滿音樂的大帳棚。

Fuck看來漂亮極了。

他偷偷溜進大宅守護她，好奇地想要更進一步瞭解她。她有哪些朋友，和其他人在一起時的女孩是什麼模樣，是快樂還是哀傷。他看到她先和一個女孩聊天，接著走向另一個年紀大一點，髮長及頸的男孩。清潔工很喜歡他的頭髮，希望自己也能擁有。男孩和女孩上樓後，為了不錯過他們，清潔工也跟著爬排水管上去。他聽不太懂他們在爭執些什麼，只知道他們提到一些照片。接著另一個穿格子襯衫的男孩到場，Fuck和他走進一間臥室。清潔工不想看裡面發生什麼事，他覺得不自在，既反胃又失望。但是當女孩走出房間下樓後，他立刻明白她不舒服，她跑進洗手間裡。

他在廚房桌邊坐下，把袋子裡的東西放在面前。他打開第一個三明治，心不在焉地咬了一口，回想自己看到的那一幕。

他從洗手間的窗戶往裡看，Fuck在鏡子前面叫喊。她的叫喊來得突然又狂暴。一開始，清潔工沒聽懂她在對他說話，但接著，在一連串咒罵中，他聽懂了她的問題：

「為什麼我現在真正需要你的時候你卻不在？」

她需要他？他沒料到這一點。他甚至連想都沒想過。突然間，清潔工心情激動起來。他不知道該怎麼做，於是在把小熊留在窗台後就溜走。

如今他必須承認，有些事不同了。他感覺到自己不同了。

正因為如此，他離開宴會場地後沒有回家。米奇會立刻嗅出他的焦慮。有時，米奇能讀出他的思緒。於是清潔工回到二十三號，待到值班時間才離開。他心緒紊亂。一般來說，大家都不需要他。他的用處是帶走人們不需要的東西。除了清運垃圾外，他不知道自己還能為別人做什麼事。

午後的光線穿過拉上的窗簾，在室內照射出一道道金色的浮塵。清潔工發現自己不餓，於是他捏碎吃剩的三明治，散放在地上餵貓。喝了一口水之後，他伸手從口袋裡拿出Fuck的手機。

他再次啟動手機。

又一次地，在咬了一口的蘋果出現後，一連串長方形圖示打開又關閉。他沒時間讀這些圖示的說明文字，他讀得太慢，但基本上，他對這些圖示也沒有興趣。

他心裡有別的事。

整理過他對Fuck的瞭解後，他做出幾個結論。染了一撮紫色頭髮的女孩試圖傷害自己，跳進湖裡。但是在投湖前，她把手機留在跳台上，當作對自己行為的解釋。接著她去參加宴會，和年紀較大的男孩進行一番討論，然後和他的一個朋友獨自相處。最後她的感覺很不好。

決定她這些行為的人似乎不是她自己。這些行為的背後，像是有一股強制的黑暗力量。就好像她也有個對她下命令的米奇。Fuck不想做她做的那些事，他心想。她是被迫的。但清潔工沒有發現任何暴力或威脅。他思考著。有時，暴力或威脅不見得必要，他告訴自己。他又想到Fuck對髮長及頸的男孩說的話。

「我要你刪除那些照片。」

她指的是哪些照片？照片有可能在她的手機裡嗎？清潔工現在對手機的部分功能已經很熟悉，於是他打開Fuck保存相片的相簿，再次審視影像，但仍然沒發現新事證或奇怪之處。但接著，在開啟子目錄時，他注意到子目錄上最後一個圖示。

一個小垃圾桶。

清潔工很清楚，有時，他會在垃圾裡找到最無法想像的答案。他經常對自己說：垃圾桶從來不說謊。他有些焦慮地點選圖示。

這些照片讓他震驚。

禁忌的親吻。好幾隻陌生的手探索著Fuck脆弱的身軀。某些他沒做過，甚至連想都不敢想的行為。這些舉止都不適合青少年。他的喉嚨彷彿卡著一個硬塊。他站起來，憤怒地在廚房踱步。他討厭女孩，因為他覺得自己遭到背叛。她為什麼做那些事？在朝櫥櫃揮拳之前，他停下來思考：這些影像中有某種極不公平的對比，他明顯感覺得到。但那並不是針對他而來。他感覺到新的怒氣上升，接著是無盡的同情。

清潔工自己沒發現，但一滴淚水滑下他的臉頰。

26

經過長時間的深思熟慮後，捕蠅人得到一個結論：她應該要回溯過往，從頭重新開始。從在奈索撈到的手臂開始。

如果她能在沒有臉孔的女人，和救了羅廷傑家女兒的神秘客之間建立連結，便可以找出男人的身分，瞭解他不為人知的秘密。靠這兩者間的共同點，她可以重建他們的故事。

時間是晚上九點左右，這天晚上有霧。外頭一個人都沒有，看來像是冬天。她把雷諾小車停在科莫的法院前面，人就坐在駕駛座上監看。

監看時，她一邊回想自己觀察湖裡撈起來那隻手臂的總結：六十至六十五歲的白人女性。根據肌肉組織的狀態和手臂的撕裂傷來判斷，死者在水中大概已經泡了兩三天。法醫西爾維提到右肩位置的肢解時曾經指出，以傷口的性質來看，可以排除利刃切割的可能性。同樣地，這次捕蠅人仍然認為這點和謀殺的假設不互相矛盾。

「死因：無可抗拒的不知名力量。」她低聲重複「死人的醫師」的結論。

她的手機響了。

「妳在哪裡？我到妳家找妳，可是妳不在。」

潘蜜拉的語氣總帶著責備的意味，即使她毫無理由。

「我在忙。」

她應該要說出她在聖安娜醫院那些錄影帶裡的發現，但這麼一來，她不得不解釋自己如何取得影片，更得回頭說起她拜訪羅廷傑家的事。對一通簡短的手機對話來說，這些資訊太複雜。而最重要的，是她不想透露自己現在的所在地點。

「怎麼了？妳又和喬琪亞吵架了嗎？」捕蠅人試圖改變話題。

「那女人鎮定下來了。但是我調查了妳交代的事。」

「哪件事？」

「那個開保時捷的混蛋。」

她完全忘了那個把酸黃瓜放在冷凍櫃的女孩，以及在超市那段遭遇。她覺得好罪過。

「妳發現了什麼？」

「妳是對的，他喜歡來硬的。他沒有案底，但是有兩起投訴，理由是暴力對待，都來自前女友，後來也都撤銷了。」

他用金錢買來她們的緘默，捕蠅人心想。要不然，就是終於成功得到自由之後，她們覺得繼續追究沒有意義。她們撤銷了告訴，卻讓繼她們之後而來的女孩陷入危險局面，儘管如此，捕蠅人仍然無法責怪她們，因為她們為自己免除在法庭上受辱的過程，以及理當由施暴男人同伴承受的羞恥感——好比她們是共犯而不是受害者。

「妳打算怎麼做？」潘蜜拉問道。「和往常一樣？」

「和往常一樣。」捕蠅人確認。

要不了多久，開保時捷的混蛋會得到應有的教訓。

她掛斷電話，看了看手錶，心想，不知道西爾維什麼時候才會出來。就在這時，她看到法醫瘦長的身影走下法院階梯。他拉緊了風衣，大風吹著皮革手提包，差點就讓他失去平衡。他看來像極了任憑大自然擺布的枯枝。

捕蠅人開了大燈，按兩下喇叭好引起法醫的注意。西爾維停下腳步四處張望。看到捕蠅人時，他花了好幾秒鐘才認出她來。

「妳要什麼？」他用一貫的暴躁語氣問她。

捕蠅人按下車窗，方便自己和他說話。

「要你寶貴的十五分鐘時間。」她諷刺地說。

「我剛結束四小時的法庭作證，累死了，我只想回家。」

「羅廷傑家女孩被人從湖裡救起來時，嘴裡有一截紅色指甲。」她在他走遠前大聲說。

他立刻停下腳步。她以為他想到在奈索撈起的手臂，正在思考。幾秒鐘後，他朝她走過來。捕蠅人準備用更長的時間來說服他。當她發現他打算坐上她的車時，連忙收拾丟在副駕座上的傳單和捏皺的空菸盒。

「辛苦的一晚。」西爾維坐上車，問道：「妳說的那截指甲是什麼東西？」

捕蠅人從包指甲的手帕講起，特別強調這塊有機證物從此便消失了蹤影，和醫院裡的垃圾一起被丟棄。法醫沒把她當可憐的瘋子看待，反而是開始思索。接著，他打了個冷顫。

「可惡的晚春。」

「別岔開主題。」她斥責他。

他狠狠瞪著她。

「妳開玩笑嗎？」

「我一向很感激我們之間能坦白相處。」她承認。「你是唯一從來沒有憐憫對待我的人。」

「妳少惹我。」他維持粗魯的態度回應她。

但他也許只是想避免回憶他們五年前相遇的場面。

「老實說，我本來都打算好了，要求你和我講講那隻手臂的事。你解剖過了，對吧？」

「四天前解剖的。」西爾維承認。

「然後呢？」

他有些不安。他把手提包放在膝上。

「你還是相信這是件自殺案？」她感覺到法醫的猶豫，這麼問道。

「我確定。」法醫最後說了。「以地理環境來說，科莫湖是完美的棄置場。如果我必須讓某個東西消失，無論是什麼，我都會閉著眼睛往裡面丟。湖底什麼都有，有後車廂裡不知裝了什麼東西的車子，有箱子，有樹幹。有人說，下面甚至有一輛搶匪的裝甲車，裡面還有三具骷髏負責保管金塊。」他帶著緊張的微笑說：「因為暗流的關係，科莫湖吞下所有東西，無論什麼，都很少吐出來。科莫湖如果吐出東西，就是為了傳遞訊息。」

「你這是什麼意思？」

「大家看到科莫湖平靜的表面都不相信，但湖底就像個沼澤。大家都說，去挖掘泥沼，通常都會挖出某些東西……長久以來，住在這裡的人知道他們應該和湖底的秘密和平相處。」

捕蠅人聽懂了，西爾維害怕，不想向她透露自己的發現。

「我和其他人一樣。」她說。她想說服他說出來。

她沒有埋葬她自己的秘密。

男人定定地看著她。

「我一直不懂妳為什麼留在這裡……」

「我們躲不開這座湖。無論到哪裡，它都會找到我們。」

法醫想了想。

「好吧。」他說：「但妳必須親眼去看。」

27

他們走進無人的停屍間，腳步聲在冷藏室的大廳裡傳來回音。

「穿上。」西爾維遞給她罩衫、鞋套、手套和口罩，接著自己也穿上防護衣。

他們走向不鏽鋼抽屜架，法醫把其中一個抽屜的把手拉向自己，一陣冰塵隨之升起。法醫拿出捕蠅人幾天前在奈索看到的金屬箱，裡面裝的正是湖裡撈出來的手臂。

法醫把金屬箱放到解剖台上。他用腳踩下開關，打開照明用的手術燈。在打開金屬箱之前，他告訴她：

「我開始解剖時，等的是得到和平常一樣的結論：不知名外力致死，加上簡單的描述，就可以交給檢察官辦公室歸檔。」

「可是？」

「可是我發現了兩處細節……」

西爾維打開金屬箱，拿出冷凍過的手臂，小心地放在金屬解剖台上。

捕蠅人認得這隻手臂，為了向不知名的女人致意，她在小碼頭上曾經要求看手臂。但手臂在這個環境裡看來不同了，她有種震驚的感覺。

法醫忘了別人不習慣和死者有如此親近的接觸，沒事般地繼續說：

「一如我們所知，手臂上的傷痕和水流的拉扯，以及岩石、垃圾的撞擊痕跡相符。但是更仔細看，還有別的東西……」

他用戴著手套的小指指出一處要她看。她先吸了一大口氣，才俯身去看。殘肢的手肘處有兩處新月般的半圓形傷痕，兩處傷痕稍微有點距離。和其他傷口不同的是，這兩處傷痕形狀很整齊。

「這是什麼？」

「咬痕。」

法醫說話的態度嚴肅。捕蠅人開始害怕，不知道他接下來要說什麼。

「施加的力道和弧度大小都沒有問題。但有一點不符合：整個傷痕是完整相連的，少了牙齒的切口。」

「應該是魚咬的吧。」捕蠅人嘗試解答。

「科莫湖裡沒有任何能夠留下這種痕跡的魚。」法醫確定地說。

「那會是什麼，或是誰？」

法醫沒有答案。

「我一點概念也沒有。」

「你向警方提了嗎？」

「我在報告裡提了。但妳不必想太多，沒有人會起訴。目前，我們還是保留自殺的假設。」

「那你為什麼要讓我看？」

「因為我告訴自己，妳可能有辦法查出這個女人的身分。她可能是丈夫或同居人的暴力受害者，而後者很可能正在快樂慶祝自己躲過追查。我已經有好幾個晚上睡不著覺了。」

「你剛剛說，你在解剖時發現兩處細節……第二個細節是什麼？」

「妳準備迎接驚嚇了嗎？」

捕蠅人覺得咬痕就已經夠嚇人的了。還會有什麼更嚴重的事？西爾維走向放外科用具的桌台。她擔心他會拿著手術刀或電鋸回來，還好他只拿著一個小燈。

「人的皮膚就像某種白紙。」法醫說：「有時候，會留下看不見的痕跡。正因為如此，我們會利用紫外線來檢測屍體上的指紋或有機物。但老實說，我從來沒想到我會發現這個……」

他打開小燈，用腳關掉手術燈。整個解剖室陷入一片黑暗當中，只看得到紫色的光暈。西爾維把燈拿向奈索撈到的手臂，照在死者的手上。

皮膚上出現了一個印記，彷彿是個用隱形墨水刺出來的刺青。

藍色夜總會——免消費。

28

她母親在十六歲就已經是模特兒了。

羅廷傑夫人曾經為亞曼尼走秀，除了平面攝影邀約之外，她還走遍了世界各地的伸展台。大家都說她會有燦爛的未來。憑她獨特、稜角分明、謎一般的臉孔，人們都會記住她。然而，在十八歲那年，未來的羅廷傑夫人突然頓悟：她不可能成為超級模特兒，因為她並不具備讓她與眾不同的神秘氣質。她可以期待一個單純的模特兒生涯，在最好的狀況下，她最後能夠在富人的宴會裡當個花瓶。真正超模的特權，是在別人必須玩樂時早早上床睡覺；她永遠不可能擁有那種生活。

與生俱來的踏實個性讓她明白，在美貌這種魔法失效之前，她唯一的可能，是去找個丈夫，好保證她的生活水準能夠符合她繼承而來的外貌。染了一撮紫色頭髮女孩的母親本來會滿足於一個三十來歲、矮胖、手戴勞力士，嘴叼雪茄，靠爸爸的錢財擺脫困境的男人。但她運氣好，愛上了一名出身實業世家的年輕帥哥，而正好對方也深深迷戀著她。

工程師羅廷傑會說六種語言。年紀輕輕的他熱愛極限運動，曾是衝浪、划船冠軍。他甚至參加過奧運。他就讀一流的國際學校，最後拿到史丹佛大學的學位。才四十歲的他除了擔任價值數百萬的控股公司總裁之外，還是一個慈善基金董事長，在世上生活條件最惡劣的地區興建學校和醫院。

根據他從小聽來的傳聞，他父母在他出生的兩年前，在印度洋上的一場暴風雨中相遇。當時有一艘雙體帆船遭遇船難，而他父親搭自己的船，救下了他未來的母親和一群朋友。此後，這對夫婦成了當地富商名流中最令人羨慕的佳偶。

而現在呢，染了一撮紫色頭髮的女孩正在這艘極致完美的船上當乘客。

她距離十六歲生日還有三年，但是她強烈懷疑自己有沒有辦法在這麼短的時間內和她母親當年一樣。她發現，富有但長相平庸的男人通常會娶到大美人，而這種結合帶來的孩子，長相總是難以預料。她身邊最顯眼的例子，就是她的閨密瑪雅。瑪雅的父親是個駝背的貴族，母親是電影女星。在她父母的案例中，遺傳本該對她有利。

可惜不然，遺傳把這兩位神人罕有的缺點都留給了他們的女兒。

她承襲了她父親細瘦的雙腿，與她的上身不成比例，看起來就像一雙鳥腿。她的雙手同樣太大。而她母親給她的是一對美髮師必須遮掩的招風耳和她的鷹鉤鼻。鷹鉤鼻為工程師夫人帶來獨特的阿拉伯風情，在她女兒臉上看來卻像是醫美的隆鼻效果。

況且女孩沒有任何特殊才華。她對運動不在行，在其他方面的表現也很普通。她沒發展出任何特殊興趣，什麼也不專精。她唯一成功達成之處是被父母指責，因為她沒有成為他們眼中的模範女兒。她在他們臉上讀到失望，在他們和她說話的聲音中也聽得到。

十三歲了，無法達到他們高度的想法不再只是懷疑。

無疑地，這足以解釋她為什麼會受到拉費爾操控。就這麼一次，她得到了沒有人期待她能做到的結果。她對那個年輕男人的愛情充滿幻想。根據一個簡單的問題：「這種事為什麼不能發生在我身上？」她想像出一個自己深信不疑的童話，沒有想到背後的設計，也沒想到後果。她以為那男孩的要求都很正常，而且他加諸在兩人關係上的秘密，是因為其他人無法瞭解他們之間純潔的愛情，會不計一切地橫加阻撓。

她把自己的第一次獻給拉費爾。接著她自問，不懂他為什麼堅持要她和他的朋友們上床。一開始，她覺得自己引人垂涎，因為想要她的人很多。但逐漸地，她必須接受心裡升起的焦慮，接受自己無法從這種邪惡的旋風中脫身，這是大人的遊戲，而她還只是個孩子。

她曾經試著在科莫湖尋找出口，但只找到對死亡的恐懼。

而在那場宴會裡，她看到穿格子襯衫的男孩遞錢給拉費爾，於是她明白了。拉費爾賣了她，這沒讓她難過。反正拉費爾也不需要錢。錢只是為了好玩，付錢是遊戲的一部分。事實上，他們買的不是她，而是和羅廷傑家女兒上床的權益。她的美醜與這件事無關，他們想要的是破壞完美，把他們濃稠的精液灑在她的家族照片上。

這才是令她難過的地方。

染了一撮紫色頭髮的少女不只侮辱了自己，還連帶侮辱了家族所有的人。

離開宴會回家後，她把撐拐扔向角落，把自己關在房間裡，拿嚴重經痛當藉口，連吃飯時間都不出來。其實，她之所以出血，是因為那個少年沒有經驗又笨拙。他辦完事後，連自己的名字都沒說就跑了。女孩唯一的安慰，是某天，當格子襯衫男孩成人之後，他會覺得羞愧。更何況他已預先嚐到了滋味。即使他日後有了孩子，成為鍾愛妻子的丈夫，他永遠會是個懦夫。一個強暴犯。

染了一撮紫色頭髮的女孩把自己關在房間裡，還有別的原因；為了隨風飄送而來的酷玩樂團歌聲，為了在宴會中突然出現在洗手間窗台上的小熊。把縫好的絨毛玩具送回給她的人，對她有很深的瞭解。比她想說出來的更多。

這是個風和日麗的下午，但她拉上窗簾。她坐在自己床上前後搖晃，想著傳送這些沉默訊息的人。她很確定這不是玩笑。她唯一想到的人，是在救了她一命後立刻消失的陌生人。那個她在碎石灘上瞥見的光明化身。

也許他是天使。

只有天使做了好事後會不求回報。而且，他在她需要撫慰的時候出現。現在仔細想，她住院的第一晚，也感覺到他來到病房。她因為腳踝開刀，麻醉效果還沒退盡，但她聽到有人走進病房，有人掀起床單，看到她的小腿——她在小腿上寫下她父親的電話號碼，好讓她死後有人通知他。

是的，她能夠確定。那不是夢。當時天使去看過她。

問題是一切都那麼古怪，她不知道自己是否能信任他。不管她發生什麼事，她都不能說出去。但如果有人派了天使來保護她，這表示上天知道她做了什麼事，但是不予以評論。如果這天使是個活生生的人，那麼她希望他能了結她的噩夢。

染了一撮紫色頭髮的女孩有種感覺，某種神秘的正義力量正在處理她的問題，而且最後一定會有妥善的解決。但在這個時候，她也不打算過度幻想，免得落入重重的痛苦當中。

她需要證據。

想起那個回到她手上的絨毛玩具——那隻被她拔下頭丟進垃圾桶裡的小熊，一個與神秘天使建立聯絡方式的計畫油然而生。這天早上，她寫了一張紙條，放進一個裝飾著彩色亮片的信封裡好引人注目。她沒寄出信封，而是把信封放進垃圾桶。接著，她等待傭人來倒垃圾。

她希望這個方法行得通。

接近下午四點時，她架起撐拐，走出房間找她母親。羅廷傑夫人在餐室，正在叮囑僕役長和女管家，交代後天晚餐該如何擺桌。安排朋友、熟人聚會是羅廷傑夫人唯一的任務。她的丈夫把一切交由她負責，對他而言，重要的是在他的行事曆中留下紙條，讓他把特定的時間空下來。然而，染了一撮紫色頭髮的女孩懷疑這次晚宴有個特定目的，要讓賓客看到在湖邊的意外後，羅廷傑家一切安好，為流言蜚語劃下休止符。她母親忙著安排相關事宜，於是她輕而易舉地便取得她想要的結果。

「媽媽？」

和管家討論中的羅廷傑夫人驚訝地回頭看。

「妳還好嗎？」她母親心不在焉地問道。

「好多了，謝謝。我想知道妳能讓奧斯卡陪我到科莫市中心去一趟嗎？」

這次羅廷傑夫人認真地看著女兒，顯得十分謹慎。

「我想去買晚宴穿的衣服。」

她母親想了一下，女孩覺得這段時間長到似乎沒有結束的時候。

「好，但是妳不要太晚回來。」羅廷傑夫人沒有完全信服，但還是說：「我會叫奧斯卡不要讓妳離開他的視線。」

女孩沒讓自己喜形於色，但成功讓她十分鼓舞。現在，她只希望計畫的其他部分也順利展開。

一群年輕人聚集在服裝店外面。這家服裝店佔據了市中心、建於二十世紀初的整棟建築。建築物的內裝重新裝修過，而外觀除了增加LED燈網外，仍保留著原貌。

染了一撮紫色頭髮的女孩讓奧斯卡放她在服裝店的門口下車。

「我先去停車，馬上回來。」她架著撐拐下車。「妳留在這裡。」

他接到確切的命令，女孩心想。其實，她受傷的腳踝是擺脫保鏢的好藉口，如果她行動自如，他會強迫她和他一起去停車。

奧斯卡把車子開遠後，她轉身面對服裝店入口，鼓足了勇氣。

擺動的雷射光掃過煙霧瀰漫的店內，一名DJ伴著饒舌歌手演出。待售的衣服陳列在簡單的架子上，鞋子和配件則放在明亮的櫃子裡。

染了一撮紫色頭髮的女孩心想，不知自己是否挑了正確地點和她的守護天使見面。其實，她甚至不能確定他有沒有收到訊息。她給了地址和大致的時間，她自問這些資訊夠不夠清楚。她覺得自己像是遭遇船難的人，把紙條放在瓶子裡送向大海。

在等待訊號的同時，她走進店裡。店裡有一群和她同齡的少女無憂無慮地一起挑衣服，她一看到就愣住了。她回想起和朋友一起度過的午後，那些有關男孩的對話、無害的八卦，和相處時的喜悅。她好懷念這一切。

奧斯卡走進店裡找她，笨拙地為自己擠出一條通道。在他看見她之前，她隨手抓起一件洋裝走向試衣間。

她挑了最裡頭的試衣間，關上門。

她坐在椅子上，把撐拐放在一旁，看著鏡子裡的自己。有生以來，她第一次驚訝地發現自己有多麼像母親。她沒有她母親漂亮，但那就像她突然可以看到日後的自己，可以遇見自己即將成為的失望女人。隔著牆壁，悶聲的音樂一波波傳來。在短暫的寧靜時刻過後，她注意到一個聲音。

有人敲門。

「裡頭有人。」她冷冷回應。

但外頭的人還繼續敲。

「你聾了還是怎麼樣？」

到了第三次，她準備開門面對奧斯卡，確定來的人一定是他。

她拉開門，但外頭沒有人。

她再次關上門。三聲輕響。她發現想吸引她注意的人不在外面，而是在隔壁。

她小心翼翼地把雙手和耳朵靠向鏡牆。她的心怦怦跳，呼吸加速，呼出來的熱氣在鏡面凝成一片水霧。然而，冷冷的屏障外頭並沒有傳來任何聲音。於是，為了回應猶如邀請般的聲響，她也敲敲牆壁。敲了三下。

另一邊的人有了回應。

為了讓這段神秘又奇特的對話繼續下去，她輕敲了四下。和她對話的人模仿她，也跟著敲。他們繼續溝通了一會兒，儘管他們使用的是不知規則的神秘語言，但其中的意義很明確。他們講的內容無法翻譯成文字，但這不重要。重點是他們終於有了接觸。

「我是真實的，而且我就在妳身邊。」這是訊息的內容。

但對染了一撮紫色頭髮的女孩來說，這樣還不夠。

她打破兩人間保持緘默的默契，開口說：

「拜託你說些話……」

她期待能聽到人聲，但是沒有。所以她再次輕敲鏡牆，但這次沒有人回應。她抓起撐拐衝到走廊。隔壁的更衣室是空著的，像是從來沒有人在裡面。

他不可能是我想像出來的，她告訴自己。

隨後她看到服裝店最裡面有一扇寫著「非緊急狀況請勿使用」的防火門半開著。天使從這裡跑出去了嗎？他是為了逃離她嗎？這個念頭讓她受傷。她轉身走向反方向。她想以最快的速度離開這個地方。架著撐拐加快腳步，她的腳踝越來越痛。無用又可悲的淚水順著她的臉頰往下流。饒舌歌手經過變音處理的聲音環繞在她身邊。就在這時候，她聽到一個名字，這名字蓋過了音樂。

她的名字。有人在喊她。

染了一撮紫色頭髮的女孩回過頭，瑪雅迎了上來，她咧嘴微笑，露出金屬牙套。女孩放開一支撐拐，很快地擦拭眼淚。她的朋友沒注意到這個動作。

「沒想到會在這裡看見妳。妳那天晚上看起來累壞了。」

「宴會最後怎麼樣？」她提問好改變話題。「你們玩得開心嗎？」

「午夜時，他們推了一個大蛋糕進來。大家都以為那是真的蛋糕，結果，裡面藏了一個拿泡泡槍的小丑，朝每個人噴奶油。真是晚禮服大屠殺。」

染了一撮紫色頭髮的女孩假裝這很有趣。

「我給妳看照片。」瑪雅拿出自己的手機。

女孩想到自己留在房間、還裝在盒子裡的iPhone。她母親說得對。過去，她手機不離身，她所有的回憶都藏在手機裡面。手機有個優點，可以把現實往後延一段時間，好讓人有時間準備。而現在一切都那麼粗暴，那麼迅速。

「傳給我，」她簡短地說：「看，我該走了，奧斯卡在找我。」

她正要離開時，有人經過撞了她一下。瑪雅在她跌倒前扶住她。

「妳怎麼能撐著這東西走來走去。要是我啊，我寧願跳湖！」瑪雅說道。

這是個假意挖苦的笑話，女孩知道其中的秘密。女孩笑了，但她立刻咬住嘴唇，免得自己又哭出來。她好想告訴瑪雅，這幾個月以來，她有多想念這個朋友。

「不管發生什麼事，我都會在妳身邊，這妳知道吧？」瑪雅說，她知道自己掀開了傷口。

女孩知道，但她的秘密太沉重。看她沒說話，瑪雅換了個話題。

「妳還記得我們八歲時，我們糊弄我那混蛋表哥，說我們兩個都愛上了他嗎？」

「當然記得！」

「還有那次，我們用吹風機幫妳阿姨的約克夏犬吹毛，結果弄得小狗著火？」

兩個女孩放聲大笑。染了一撮紫色頭髮的女孩忘了自己沒見到天使的失望。遇見瑪雅讓她放下心中的重擔，因為瑪雅提起的小故事包含著兩人的實質關係，瑪雅想提醒她，她們的連結不是在幾分鐘之內建立，而是經歷了好幾年時間。今天，瑪雅可以坦然面對她說的任何話。

「等我準備好。」她向瑪雅保證。

瑪雅相信她。

「我也該走了。」瑪雅說：「我要上鋼琴課，如果我遲到，我媽會宰了我。」

即便說話粗魯，瑪雅仍然那麼甜蜜可人。離開前，瑪雅轉身對她說：

「對了，妳知道譚克雷迪吧？」

「不認識。」

「妳認識！他那天也參加了宴會，穿著一件醜斃的格子襯衫。」

女孩突然滿手是汗。瑪雅為什麼會提到他？她有種不好的預感。

「昨天晚上，他騎摩托車回家時被人襲擊。為的只是他那只該死的勞力士腕錶！歹徒把他打個半死，丟在人行道上。」

染了一撮紫色頭髮的女孩覺得自己快昏倒了。她腦子裡出現一個可怕的想法。

天使不會做那種事。

29

晚上五點，捕蠅人把小車停在空位。她在太陽下繞了一小時才找到「藍色夜總會」。夜總會的看板還沒亮，整棟建築物看起來就像是工業用車庫。

她走向拉下鐵門的入口，透過油漆斑駁的凸窗，捕蠅人往裡看，舞廳裡顯然沒有人。接著，她試著去拉安全門的門把，希望其中有一扇沒有上鎖。

第三扇門被她打了開來。

她走進類似前廳、如今被拿來當作售票處的空間，接著又撥開厚重的紅布簾，來到兩邊放著桌子及小沙發的水泥舞池。老舊的地毯散發出霉味和菸臭。捕蠅人心想，到了晚上，加上聲光效果，不知這地方不知會不會比較吸引人。

「有人在嗎？」她在一片安靜中高聲問道。

沒人回答，但她似乎聽到玻璃的碰撞聲。

她穿過舞廳，來到一處小隔間。有個穿著背心、前臂刺了一隻豹子的男人正在搬運一箱箱的空瓶和啤酒桶。

「您好。」她出聲打招呼，讓對方知道她來了。

男人手沒停下手上的工作，光是抬頭看了她一眼。

「我們還沒開始營業。」

「抱歉來打擾您。您是這裡的工作人員嗎？」

「我是酒保。如果您要找老闆馬里歐，他要過七點才會到。」

「我只是想知道，如果你們讓客人免消費，是不是會在他們手上做記號。」

「我們會在他們手上用隱形墨水蓋章，用吧檯的小紫外線燈照才看得到。」男人確認。

「這是馬里歐老婆想出來的，印記用水就能洗掉。」

幸好不見得，捕蠅人心想。

「您為什麼要知道？」

「我想知道你們經常免客人消費，還是在特殊日子才會有？」

「星期四，有主題夜的時候。」

這個日子，和法醫指稱、奈索的女人在湖裡送命的時間相符。

「我猜每個星期四都有主題夜。」

「沒錯！週四夜是我們最熱鬧的夜晚，客人很多。我們會請樂團來現場演出，第一杯飲料免費。」

「您會不會碰巧發現兩星期前的週四夜有什麼特別的地方？」

「您是警察嗎？」

捕蠅人從口袋裡拿出自己的傳單遞給對方。

「我想瞭解那天晚上有沒有人傷害了一個來這裡的女人。」她承認。

「我不想樹敵。」

「不會有人來找您麻煩的，我向您保證。」

「我剛出獄，還在假釋期間。」他為自己辯解。

她瞭解這名前科犯為什麼會這麼冷淡。

「好，那我七點回來找馬里歐聊聊。」

她正要離開時，發現酒保看著傳單。

「您是……」

「……那個母親。」她又一次地確認。

「然後您現在處理這種事？」他訝異地問。

她知道監獄裡有一套榮譽準則，凡霸凌過婦女或孩童的人，是得不到任何尊重的。她厭惡利用瓦倫汀娜的死，但她需要這男人透露資訊，於是她點了頭。

「告訴我，您想知道些什麼？」

「兩星期前的星期四，您有沒有看到一個六十到六十五歲的女性客人？」

「您可以描述一下嗎？」

「可惜不能，但是她也許有人陪在身邊……您記不記得有哪位客人比較特別，比方喝太多或太興奮的？或是引起騷動？」

酒保搖頭。

「這麼說好了，我們的客人都有些年紀。但這不是說您啊。」

捕蠅人沒放在心上。

「根據馬里歐的說法，我們的客人差不多就是那些人，他們彼此認識，相安無事。有時，他會請所有客人喝一杯，因為他某個朋友想賣他一套鍋具……但現在想想……對，那大概是兩星期前的事了……」

「怎麼樣？」

「有個傢伙……高大健壯，穿深色衣服戴墨鏡。他有一頭看似假髮的金色頭髮。」

捕蠅人記下這些細節，等著對方繼續說。以體型來說，這和她在醫院錄影帶裡看到的清掃人員相符，但是她還不能確定。

「我不知道他從前有沒有來過這裡，就像我跟您說的，我來這裡工作不久。」

「那麼您為什麼會注意到他？」

「因為他比其他人年輕……我當時還在想，他混在一群老人當中做什麼。這話真的不是針對您。」

「您記得他有沒有陪著哪位客人？」

「他和一名常客聊了一會兒。」

「您覺得他們認識很久了嗎？還是在那天晚上才認識？」

「我不知道。反正我看到他們一起離開。」

捕蠅人感覺到胃部一陣翻攪。

「您知道她的名字嗎？」

「瑪格達。」男人回答：「瑪格達·可隆布。」

30

染了一撮紫色頭髮的女孩失眠了。她六點下床，架起撐拐，在安靜的大宅裡走到書房門口。

一如她所料，她父親已經醒了。

每天早上上班前，他會到書房讀報紙，這個固定的儀式中還有個放著一杯咖啡的銀托盤相伴，糖是嚴格禁止的。

她沒敲門，而是等他注意到她出現。

「親愛的，」他愉快地打招呼，「妳站在這裡做什麼？」

「我要和你說話。」

「我再過不久要去搭飛機。」羅廷傑先生說完才抬起眼睛看她。「怎麼了？」

「我一直在想那個把我從湖裡救出來的男人……」

她父親沒說話，等著聽她接下來要說什麼。

「……我在想，你應該要回報。」

「如果他出來，我會的。」她父親面帶微笑回答。

「那你為什麼不去找他？」

羅廷傑先生往後靠向皮扶手椅的柔軟椅背。

「妳這是在建議我公開懸賞，來說服這個人出面？」

女孩的目的確實如此。

「妳知道我們會引來多少騙子嗎？多少誇大其詞的詐騙分子，更別提新聞記者了！」

染了一撮紫色頭髮的少女很想告訴父親，在這個時候，那些人，還不如對阻止她溺死的陌生人讓她害怕。事實上，她錯看了他，他不是天使，甚至可能還是個危險人物。而她做了傻事，讓他們的生命太貼近。然而她不能告訴她父親，除非全盤道出。相信自己掌控了自己和親人生命的羅廷傑先生絕對無法忍受事實。

「這麼說，答案是否定的了。」

他搖搖頭表達堅持。

「讓大人來決定這些事，好嗎，親愛的？」他屈尊俯就地說。

然後他繼續看報紙，結束這段對話。

少女沒有走開。她明白一件事，假如她願意，她有能力毀滅她父親，摧毀他對權力的幻想。她只需要敞開心胸，像普通女孩對長輩那樣說話就好了。但她只說：

「我三歲時，有一天你把正在睡午覺的我叫醒，帶我上車去觀景台看風景。我們欣賞了好幾個小時才坐車下來。你覺得我當年可能太小，不記得這件事。但是我記得。」

她父親接著說：「我們一直等到黃昏。」

「對，而且我看到你掉眼淚……你為什麼哭，爸爸？」

她從來沒有提起這件事，但她相信羅廷傑先生並不像外表那樣永遠強勢。在他內心，軟弱誘惑著他，而這可以使他成為她眼中活生生的人。如果那是真的，染了一撮紫色頭髮的女孩會信任他。父女間會有一片新空間，她會在那裡吐露自己無論美醜的所有情感。

「妳看錯了。」她父親冷冷地說，關上兩人溝通的門。「妳那時候太小，記憶不正確。」

女孩很失望。

「我一直在想，如果我兩星期前死了，你會有什麼反應？」

「當然是傷心欲絕。」

女孩不確定她父親是否真心。她拿起撐拐，準備回房間睡覺，但她父親清了清喉嚨。

「還有，我希望妳暫時不要戴妳祖母在聖誕節時送妳的卡地亞手錶。」

她看著他，眼神中充滿疑問。

「妳一定聽說了，有個年紀比妳大一點的男孩因為手上的勞力士被人攻擊。」

譚克雷迪。她怎麼可能忘記。是她的錯。她要求天使給她一個訊息，而天使隨即送來訊息。

她父親放下正在閱讀的報紙。

「警方找到了手錶。」

她的心跳瞬間停止：他們抓到了湖邊的陌生人？

「顯然，犯案的是一群吉普賽小孩。」

她又開始呼吸，明白了自己犯下一個嚴重錯誤。她錯判了唯一真正關心她的人。天使是無辜的。

其實我和你沒有多大差別，爸爸，她心想。同樣地，她也沒辦法真正瞭解他人。

31

一開始，他本來打算留下手錶，送給染了一撮紫色頭髮的女孩。他大可像處理絨毛小熊那樣，把錶留在衣服店的試衣間裡，遠遠欣賞她驚訝的表情。但是當Fuck在牆的另一邊對他說時，清潔工改變了想法。

「拜託你說些話……」

送這個禮物的風險太大。不是對他，而是對受他保護的女孩太危險。因為警方一定會追捕攻擊穿格子襯衫男孩的人。

他不願讓Fuck因為他的過錯而涉入其中。

為了擺脫贓物，他想出了脫罪的方法。有群聲名狼藉的年輕吉普賽人經常聚集在一間酒吧，他只要把手錶擺在吧檯桌上就夠了。接著，清潔工打了一通匿名電話檢舉，執法單位自然會去追蹤。

他心想，不知道Fuck是否明白他為她做了什麼事。

為她的名譽復仇，是他這輩子最讓自己滿足的行動。他從來沒想到可以保護任何人。他一直小心翼翼地保護自己，因為他相信自己最弱最小。這個維護正義的新角色並不會讓他不悅。

前天晚上，他去找那個穿格子襯衫的男孩。他覺得自己一定可以在年輕人常去的酒吧裡找到對方。他之所以知道這些地方，是因為他清早偶爾得清理這些酒吧前面的人行道。清潔工在一群和男孩年紀相仿的年輕人中看到他，接著便開始等待。將近凌晨一點，男孩向友伴道別時，還不知道自己會遭遇什麼事。男孩臉上挨了一記直拳。接下來的，是送給Fuck的禮物。伸張正義後，清潔工覺得內心平靜，並且告訴自己，大家無疑都會認為這是件義舉。

清潔工一如往日，在清晨開著垃圾車。這時，他明白了一件事，自己真正的使命是去做好事。米奇錯了，他不是壞孩子。是這個世界虧待他。

也許，與自己和解的時候到了。

他違反自己永遠遵循慣例、免得招來危險的原則，改變了這個星期的行程。他把Fuck的手機藏在二十三號的閣樓裡，他想去那裡待幾分鐘看照片，順邊聽聽那首他很喜歡的憂鬱歌曲。

是的，他理當得到獎賞。

他停下車，距離那棟有尖角窗、屋頂有小尖塔的房子大約五十公尺。接著他戴上垃圾工的帽子走過去，準備從後門進屋。凌晨空氣清新，他感到格外愉快。然而，當他走到鐵門前卻沒有爬過去，他覺得屋裡有東西在動。是貓嗎？

他等待著。

他沒看錯，他老朋友瑪格達的屋裡有個人影在走動。透過蕾絲窗簾，清潔工看到了人。她顯然沒有鑰匙，因為門是關上的。所以她也是走後門。*和我一樣*，清潔工心想。

這個短髮、五十來歲的女人也是個侵入者。

十月四日

家門打開又關上，但沒有人看到他走進來。

孩子四處張望，尋找他新媽媽和新爸爸的蹤影。晚餐時間快到了，他騎著腳踏車逛了一整天——這腳踏車是他升上五年級時他們送的禮物。他的短褲、T恤和球鞋都蒙上一層泥巴和灰塵，而他則是全身汗。

他沿著走廊小心翼翼地前進，走向廚房。他偷看了正在忙的新媽媽一眼，趁她背對著他時溜向浴室。途中，他看到新爸爸坐在起居室的沙發上看電視，彩色的影子映在他臉上，新爸爸正在看新聞。

孩子溜進浴室，用鑰匙鎖上門。

他呼吸，呼吸，呼吸。除了自己的呼吸聲，他沒聽到其他聲音。他能成功說謊，還是會立刻崩潰？他花了一整天時間尋找適合讓他們聽的版本，但是沒有成功。

反正，話說了也沒有用，事實就寫在他們的臉上。

他低著頭靠向洗手台。他沒有勇氣看自己在鏡子裡的倒影。一滴滴鹹鹹的液體滑下他的額頭，刺痛他的雙眼。他看著裹在身上、跟著他呼吸上下起伏的濕T恤，接著看向自己被太陽曬傷的脖子。最後，他終於看到那道夾雜著喜悅與恐懼的目光。

他自己的目光。

他在鏡子裡看到一抹微笑。露出笑容的人知道自己過了美好的一天。

他們一定會發現，他告訴自己，他們一看到我就會知道。他很確定，但是他不知道這對他是否重要。他沒想到後果。這天早上那件事帶來的刺激還太強烈。

這時已經是秋天，但感覺像夏天。前一晚，他的新媽媽要新爸爸承諾，在星期天來一場兩人的郊遊，只有他們父子兩人。比方去採香菇或是獵小鳥。孩子醒來時看到新媽媽為他準備了乾淨衣服，這些衣服聞起來有洗衣粉的香味。她為他準備好早餐，有麵包、糖和一杯牛奶。孩子告訴她，說他相信自己會和新爸爸度過愉快的一天。但她說，可惜新爸爸忘了，他自己一個人一大早就出門去了。

他的新爸爸從來不花時間陪他，而且相反地還避開他。他話不多，老是關在工作室裡製作搖椅、鳥屋、戴紅帽的精靈、水車和風信雞。那是他的消遣。他只有在吃飯或坐到電視機前看電視的時候才會出來。他的新媽媽和藹親切，總是滿臉笑容。連睡覺時也一樣——孩子曾經在床邊站著看很久。

於是，這個星期天早晨，孩子不知道該做什麼才好。

他決定出門騎腳踏車。他為輪胎充飽氣，在龍頭上裝上鈴鐺，正準備騎上座椅時，他聽到口哨聲。

重複的兩個長音吸引了他的注意。

孩子知道自己必須服從，於是上樓走進另一個兒子的房間。米奇坐在木製搖椅上前後晃。米奇交付他一件奇怪的任務，仔細說明他該遵循的步驟。孩子不懂為什麼，但他不敢多問。

沒多久之後，他便到了郊外。

腳踏車輪胎輾過碎石地，每次加速，鍊條都隨之作響，他感覺到孤獨帶來的自由，幾乎忘了米奇的要求。在一段陡上坡後，他轉進一條小路，路的盡頭有座農用機具加油站。

矮牆上坐著一個大約三歲的小男孩。

小男孩正在玩一台錫製小戰車。

孩子下了腳踏車，心想，父母親不該放這個年紀的小男孩在外頭，沒人看管。

現在，孩子把自己關在浴室裡，如果他集中注意力，還能聞得到汽油味。他片片斷斷地聽到他新爸爸正在收看的新聞：發生了可怕、慘絕人寰的事件。於是他知道播報員說的是他。孩子驚嚇得發抖，他沒有想到。他知道自己會受到懲罰。他聽到幾個字，例如「消失」、「尋找」和「嚴重意外」。但其中有兩個字特別引他注意：

「怪物」。

他一直以為怪物只存在於故事和童話裡。

「怪物。」他低聲重複，讓這兩個字滑過嘴唇。

他們以為是個大人，他注意到了。他想大笑，如果他騙得了他們，那麼他也騙得過他的新媽媽。但新爸爸則不一定。孩子確定，新爸爸一定懂。新爸爸第一天在車站前看到他時就明白了。男人看了一眼，就知道妻子和自己犯下大錯。但是太遲了，已經無法挽救。

加油站的小男孩同樣也信任他。他才說要帶小男孩去看貓，小男孩就跟著他走。孩子把小男孩帶到丘陵後方的廢棄房子裡。「小貓就在那裡面。」他說。加油站的小男孩沒有哭，光是看著他。他一輩子忘不了小男孩眼裡的驚愕。

有人來敲浴室的門。

「晚餐快好了。」他的新媽媽說。

他沒有回答，而是打開水龍頭放水，假裝自己在洗澡。

「你們絕對找不到他。」他無聲地說。接著，他伸手從口袋裡掏出小戰車看。他會拿給米奇，但是得等一下。他說不定可以把這東西做成鑰匙環。孩子相信米奇會以他為傲，不像他的新爸爸，把他當作大自然的錯誤看待。

維拉也是那樣看待他。

孩子在真的洗完澡後才離開浴室。他走進廚房，不知接下來會發生什麼事。他坐在一大盤焗烤通心麵前面，沒有看向新爸媽的臉。在吃第一口之前，他才抬起眼睛。

沒有，什麼事都沒有。

他如常地吃晚餐。在一片安靜中，大家只聽到餐具的碰撞，和牆上掛鐘的滴答聲。

他很快樂，而且現在很餓。

32

「科莫湖是世上最寧靜的地方。」一名即將退休的女性員工帶著她，穿過路徑複雜的戶政處。「幾年前，我看到一篇文章這樣寫。我從此記住這句話。」

「這是什麼意思？」捕蠅人問道。

「科莫和附近小鎮有許多空房子，因為過世的住戶沒有任何繼承人。」

捕蠅人想到自己住的小房子，房子過去是她父母的。在她死後，房子會怎麼樣？

「有時，人走得很突然，好幾年後才有別人發現。」和善的小女人繼續說。她的身材像孩子般嬌小，戴著紅框老花眼鏡。「但現在有種簡單的方式可以知道住戶是不是還活著。」

「什麼方式？」

「帳單！如果帳單遲繳，過了一段時間後就會切斷電力和瓦斯供應，所以，只要問電力和瓦斯公司就知道了。這省了很多麻煩。」

「如果帳單是用銀行帳戶扣繳的呢？」

「有一次，一名鰥夫被人發現坐在扶手椅上成了乾屍，手上還拿著遙控器。他在打開的電視前面坐了六年……沒有轉台！」小女人打趣地說，人已經走向走廊。

拜訪過瑪格達・可隆布後，捕蠅人來到戶政處。

兩天來，捕蠅人在不同的時段打電話但一直聯絡不到瑪格達。她爬過鐵門，發現瑪格達家的後門是開著的，有可能是她勉強打開的，但這說不準。她違法——還違背了常識——進入空無一人的房子，尋找瑪格達仍然在世的蛛絲馬跡。然而她只看到五隻養得很好的貓，這讓她想到，也許有人在照顧這些貓。是瑪格達的父母？是鄰居？無論如何，她都沒找到瑪格達有丈夫或同居人的蹤跡。

瑪格達．可隆布是個單身女人。

捕蠅人想知道自己有沒有犯錯，又怕被控擅入民宅，於是決定最好不要久留。她把在瑪格達梳子上找到的幾根金色頭髮帶給西爾維，讓他拿來和在奈索撈到的手臂比對DNA。然而法醫告訴她，分析比對可能需要一星期時間，因為實驗室的工作太多。

接著她來到戶政處，原因出自她搜索二十三號的結果。

房子裡沒有任何住戶的照片。

她覺得這很奇怪，更何況她很想知道瑪格達的長相。

為了規避隱私法的管束，她老實告訴戶政處這名員工，表示自己擔心瑪格達．可隆布可能遭到不幸，但她沒有照片無法尋人。她想靠女性間的互助請對方幫忙。結果戶政處的小女人說自己即將退休，可以做點違規的小事。

兩個女人來到檔案室後方的獨立小辦公室。看到玩接龍用的撲克牌、咖啡保溫瓶和一盒水果糖之後，捕蠅人立刻明白這是小女人的秘密藏身處。辦公室裡還有一台舊電腦，小女人坐下來啟動電腦。

「看看這東西能不能給些我們要找的答案。」小女人說完話，以讓人佩服的速度敲打鍵盤。她輸入瑪格達的名字和地址，進入附照片的個人檔案。照片上的女人經過仔細打扮，淡金色頭髮圍攏在臉龐，戴著廉價大耳環，臉上的妝很濃。

「這是舊照片了。她年紀應該和我差不多。」捕蠅人抗議。

「可隆布女士換發新身分證件時，挑了這張她年輕時候的照片。」小女人說：「有些人不喜歡變老。」

捕蠅人盯著螢幕看，懷疑照片上的女人是否真是奈索手臂的主人。想到瑪格達．可隆布的其他部分仍然沉在湖面四百公尺下的深坑裡，她就渾身不自在。

「您還是要我幫您印出來嗎？」

「是的，謝謝。」

小女人拿了一張紙放進彩色印表機裡，按下列印鍵。

「遇到人口失蹤案，警方會發送聲明給我們。」小女人接著說：「我會這麼說，是因為我猜您會想知道，如果可隆布女士沒有出現，接下來會怎麼處理。」

「接下來會怎麼做？」

「法院要在十年後才會做出死亡宣判。在這期間，失蹤者的法律身分介於生死之間，會登錄在我們稱為『鬼魂簿』的失蹤人口名冊上。」

捕蠅人想起科莫湖畔的許多空房子。那些房子遭生者遺棄，寄生其中的，只有從前住戶的記憶。就像她住的地方一樣。接著，她想起奈索撈起那隻手臂上的奇特咬痕。

「有沒有可能搜尋失蹤人口名冊裡的人？」捕蠅人也不曉得自己為什麼要這麼問。又或者她知道，只是還不願意承認這個可能性。

「當然了。我們要找什麼？」

捕蠅人幾乎不能呼吸，但是她終於說出口：

「年紀和瑪格達·可隆布相近的女人。和她一樣是金髮，而且獨自生活。」

當小女人將搜尋條件輸入電腦時，捕蠅人祈禱自己弄錯了。如果真的發現有固定模式存在，那未免太可怕。但螢幕上出現了好幾張女性面孔。她們的共同點，比過去十年的失蹤案還多。

「不可思議，」小女人說：「她們……」

捕蠅人幫她把話說完：「……好像姊妹。」

33

陰暗厚重的雲層滑過湖面。在熱風助長下，雲層益發膨脹，吞噬了午後的風景，吐出紅色的閃電。

第一滴雨落下時，捕蠅人正好把小車停在自家門口。她把皮包頂在頭上遮雨，跑向通往一樓的樓梯。

她及時在暴風雨開始之前關上門。宛如開了閘門的大水，暴雨在幾秒鐘之內轟然而下，大地也跟著隆隆作響。四牆緩和了外頭狂暴的聲響。在老天爺釋放怒氣時，捕蠅人裹著毯子躲在小沙發上，像隻淋濕的小狗。她張大雙眼，開始發抖。她不怕暴風雨，她怕的，是自己在戶政處佈滿灰塵辦公室裡的發現。

一個她還無法證明的真相。

外頭，有人殺害了一些愛賣弄的金髮女人。過去十年間一共有九個女人。這還沒算到不為人知的失蹤女性。受害者究竟總共有多少人？

和其他殺人犯相同，這個凶手選擇相似的受害者，而且受害者的年齡逐漸增加，從五十五歲到六十五歲。她們可能和凶手一起變老。捕蠅人相信這是個精確的選擇，而且他藉自己相較年輕——正如藍色夜總會酒保的證詞——的優勢來誘捕這些女人。她們現在在哪裡？答案就寫在奈索撈到的手臂上。

在湖底。

讓她最害怕的是其中一個細節：在這麼長的時間裡，沒有人發現異狀。這件事只有我知道，但永遠不會有人相信我，她心想。就算她告訴潘蜜拉，後者除了呈報上級之外還能怎麼做？更何況這個舉報來自一個「有相同經歷的人」，聽到的人絕對會心存懷疑。捕蠅人再次發現自己站在她太熟悉的深淵上方。

「您是……」

「是的，我就是那個母親。」

在瓦倫汀娜悲慘地死去後，她把所有時間用來拯救其他受到威脅的婦女，這些婦女往往沒發現自己已經身陷險境。她一直害怕會再碰到和五年前一樣、看不見的怪物。而現在，這個最可怕的噩夢即將成真，她知道自己沒有能耐面對挑戰。

對我這樣的弱小女人來說太艱辛、太痛苦了，她不斷告訴自己，我辦不到。

暴風雨逐漸和緩下來，但雷聲仍然停留在空中。捕蠅人這才又聽到自己和環境格格不入的心跳聲。包裹在毯子裡的她感覺很溫暖，突然有了睡意。來自過去的陰影停留在她身後，而現在的黑影並沒有淹沒她。她再次得到平靜。

就在這時候，她聽到樓上有腳步聲。

她瞪大雙眼，渾身無力，站不起來。捕蠅人把全副注意力放在聲音上，心想，不知自己是不是幻聽。但沒錯，她聽到的確實是鞋子踩在地板上的聲音。

她慢慢坐起身。毯子滑到她腰下，寒意襲了上來。她看到呼出的熱氣在眼前凝結，打起了冷顫。

又是好奇的小孩，她告訴自己，要不然就是尋找避雨處的流浪漢。

她沒有找到任何站得住腳的假設。她繼續尋找，但無論如何，她都只有兩種選擇：等入侵者自動離開，或是親自去趕人。在去戶政處之前，她一秒鐘都不會猶豫，絕對是立刻去趕走那個擅入這個地方的人。但現在，在知道那些事之後，她很難下決心。她拿起手機想求救，但暴風雨可能破壞了信號發射台，因為她收不到訊號。她也可以開車離開，但她有預感，對方已經先處理了她的小車。

那些怪物不會讓自己措手不及。

她頭上的腳步聲仍然繼續著，而且步伐安穩，一副不怕被人發現的樣子。

她看向室內的樓梯，這座樓梯順著兩面牆壁通往樓上，而上頭有一扇很久沒打開的門。

捕蠅人別無選擇，想得到答案，她必須再次信任這棟房子。

34

她先把鑰匙插入鎖孔，接著輕輕推門。門隨著微弱的嘎吱聲打了開來。她溜進狹窄的走廊，警戒地環顧四周，小心翼翼前進。

這條走廊通向幾個房間，鋪著長菱形花樣的酒紅色地毯，貼了夾雜著米色細條紋的綠色壁紙。牆壁上掛著幾幅科莫湖景的照片。

捕蠅人帶著手機，希望訊號能恢復正常。她還拿了一截一樓火爐裡燒黑的木柴。彈簧刀對她而言沒有用，因為她不可能近距離肉搏。

她豎起耳朵，覺得自己好像聽到掛鐘的鐘擺在擺動。那座掛鐘是她父親婚後買的，她母親引以為豪。掛鐘的指針已經好幾年不動了，但伴隨她童年、少年時期和一大部分成人時光的滴答聲仍在屋裡迴盪。那起事件發生在她父母過世多年後，之後，她在某天親手為這棟房子的時間劃下休止符。此後再也沒有人進入過這個地方。生命遭到放逐，留下的只有死亡。

捕蠅人繼續往前走，知道前面可能已經有個人在等待她。

陌生人是從起居室的窗戶進到屋裡的——因為窗戶敞開著。她母親年輕時縫製的窗簾在雨中飄動，起居室的地上積了水。她看著石砌大壁爐、釣魚比賽的獎盃、裱框的家族照片，以及和其他家具一樣罩著白色被單的沙發椅。

她一直走到廚房。廚房裡的牆壁和櫥櫃都已經發霉，一層綠白相間的黴菌由地板往上爬到天花板。因為暴雨的關係，黑色的液體從水槽的出水口咕嚕嚕地冒出來。

捕蠅人知道不速之客就在某處。

浴室裡有股讓人反胃的味道。鏡子上甚至蒙著一層銀白色的灰，她從鏡子前走過，看到自己像鬼魂一般的倒影。

時光放過了她父母的房間。除了多了些灰塵，其他沒有改變；陶瓷娃娃坐在大床上、她小時候覺得看起來好嚴肅的橡木大衣櫃、裝床單等等嫁妝的箱子、一個裝飾著湖邊聖母的大鐘，聖母的雙臂敞開，帶著祈求的眼神。房間裡還有兩張床頭桌，一張上面放著杯子和鬧鐘，另一張上面放著一本福音書和一個插報春花或小雛菊的花瓶。

這場「恐怖屋」的巡禮只剩下一個地方。一個房間。在她遇到她畢生唯一的愛——林納迪教授——之前的臥室。

和其他房間不同，她從前那間臥室的門半開著。她知道這最後障礙的後面是多麼脆弱的景象。

一張光禿禿的床墊，上頭還留著深色痕跡，瓦倫汀娜的血滲透布料和厚厚的床墊，染到地板上。

捕蠅人已經拿掉其他東西。她少女時代迷戀的歌手照片、室內小飾品、她的證書，以及一直累積到她二十歲的紀念品——她開始工作後，就把這些東西全丟了。

這個仇恨的祭堂裡面只剩下那張床墊。她沒辦法丟掉那東西。若她丟了，那未免太不公平。

她心想，不知道入侵者是不是就在裡面。她很快就會知道答案。

她握緊手上的木柴，把另一隻手放在門上。正要推開門時，她的手機響起。訊號恢復了。她急著想按掉手機，卻把手機掉到地上。她只看到螢幕上的未知來電幾個字，心想，又一次，命運真是把時間算得太準。她彎腰去撿，某個東西用力打中她的後頸，害她整個人往前仆倒。

「受話者付費電話。許可號碼二〇〇六〇七。」這個女性聲音的預錄語音在一切變暗之際出現。「如果您接受，請按九。」

五年前

醫院的自動門宛如簾幕般在她面前打開。她不是不知道，在她越過這個邊界後，一切將和從前完全不同。然而，有時候，懷疑總比真相好。接到林納迪教授的訊息後，她不知道自己該期待什麼。

某天晚上八點，遠處的天色陰暗。雨好像快來了。聖安娜醫院裡裡外外都是一片混亂。

她從一群沒有理會她的警察和醫護人員旁擠進去。她試圖辨認方位，結果是她丈夫看到她。她走到他身邊，他握住她的雙臂。

「出了什麼事？」她問道。

當時，她仍然確定自己想知道，並且有能力控制、甚或阻止等著她的無論任何事實。

「外頭到處都是警察，」她說：「我本來想早點到，但是他們不讓人通行。」

「孩子們。」教授說。

就三個字：孩子們。

「孩子們怎麼了？他們還好嗎？」

她看著丈夫的雙眼想尋找答案，教授將她拉到一旁。

「孩子們下午去妳爸媽家的老房子裡。他們去躲在裡面。」

是她讓他們知道自己可以去躲在那房子裡的。他們兩人都沒有駕駛執照，她不想讓他們冒險，何況外頭有那麼多瘋子、變態和偷窺狂。所以他們有房子可以用。她甚至因此覺得自己是個現代又開明的母親，她自己的母親絕對不會這麼做。

「我不知道事情怎麼會發生……」教授結結巴巴地說。

她一直不知道確切發生了什麼事。在那個時候，她還以為是意外。這時，一名年輕的警察走過來。

「我是潘蜜拉．迪喬奇歐。」她先自我介紹。「既然兩位都到了，我有一些問題想請教。」

但她沒理會潘蜜拉，一切來得太快。

「你還沒回答我，孩子們怎麼樣了？」

他垂下雙眼。

「瓦倫汀娜在上面，他們正在為她進行手術……只是，她失血太多。」

「迪耶哥呢？」

「他們在找他。」

35

打開他公寓門上的三道鎖時，清潔工心裡湧現出一股奇特的焦慮感。他好幾天沒進家門了。他暫住在二十三號，但他現在不確定是否還能回去。他必須想個法子拿回藏在閣樓裡的手機。他不能把Fuck的手機留在那地方。

他站在自己位於郊區的公寓走廊上，手上拿著小戰車，忐忑地想到讓他不敢走進二十三號的女人，心想，不知公寓裡是否有另一個讓他不愉快的驚嚇等著他。

當他在老朋友瑪格達家看到入侵者之後，他連忙回到垃圾車上，隔著擋風玻璃的保護，看著陌生女人爬越鐵門出來。他保持距離跟蹤了她一整天，不知道她是誰，也不知道她想找什麼。他跟著她，直到女人回到她家。

那是湖邊一棟孤立的小別墅。

這時，暴風雨正好來襲。他利用這個機會為女人準備好一個驚喜。在她走進一樓後，他在她的車上動了點手腳，然後進到二樓。

在參觀這棟彷彿被遺棄的房子時，他沒有刻意放輕腳步，這麼一來，她才會發現他的到來。

他正要下樓時，她正好也要上樓。

他躲得很好，準備等到她走到最後一扇半開的門前，才拿用來壓扁垃圾袋的棍棒從背後攻擊她。手機鈴聲讓女人分了心。在他準備給她應有的最後報應時，房間的門開了，他看到裡頭染血的床墊。這時候，他才將已經昏迷的陌生女人翻過身，看她的長相。

在發現女人的身分以及自己身處什麼地方後，他停下了手。他不能再傷害她第二次。於是他丟下昏迷的女人逃走，不管她是否會活下來。

而現在，他回到自己的公寓。打開門鎖後，迎接他的是一片安靜，和透過塑膠布照進窗裡的昏暗光線。他等待著，沒有勇氣去看那扇綠色的門。

「你這些時間到哪裡去了？」米奇問道。

「我到處晃。」他說著謊話，但他知道米奇不會相信。

「我吹口哨找你，但是你沒有過來。」

「對不起。」

「好吧，現在既然你來了，我有話要告訴你。」

他不懂，不知道自己是否該害怕，但他還是仔細聽米奇說話。

「這幾天，我一直在想我們的事。我們有段時間沒有一起做點什麼事了。」

他終於懂了。米奇有新任務要交給他。

「我們沒有準備。」他找到好藉口提出抗議。「我沒有找到天選之女，我沒有準備——」

「你不一定要把那些亂七八糟的垃圾帶回家，」米奇打斷他：「我們可以照從前的作法，你還記得嗎？」

他記得。從偏遠地區街上擄來的妓女就能滿足米奇。他隨後得負責打掃。

「那很危險。」清潔工說：「風險太大。」

「妓女的既定命運就是那樣，連警察都知道。」

就算他找到上千個正當理由也一樣，米奇才是說最後一句話的人。因為，當米奇的腦袋裡有了想法之後，就不可能改變主意。

「好吧。」於是，他只好說：「我會開始準備。」

米奇滿意地笑了。

「太好了，冠軍小子。」

36

多年來，清潔工一直在思考自己為什麼會來到世上。

即便在童年，在他母親試圖讓他在一池髒水中溺斃之前，這個問題便一直困擾著他。既然沒有人要我，那麼我為什麼會在這裡？他許久都沒有找到答案。他經常在想，不知道其他人是否有同樣的問題。有時候，他覺得自己似乎是唯一有這種疑問的人。

他的出生是個錯誤，讓他被當作垃圾一樣丟棄。

垃圾證明了造物的不完美。既然人們不喜歡他人指出自己的錯，他身為成年人的任務，就是讓所有痕跡消失。

事實上，一旦丟進垃圾桶後，沒有人想知道垃圾會有什麼下場。

後來他明白，一切都有個共同目標。即使是沒有價值的垃圾也一樣。垃圾的用途，是讓像他這樣的人能夠有工作，但同時垃圾也能回收，創造能源或重新利用好當作其他物品的原料，而且這些再生的物品會再一次進入生命週期的輪迴。

清潔工長久以來一直在尋找自己的價值，最後，他在沒有人有勇氣觀看的地方找到。

在深淵的最深處，他發現，連他這樣的人都有用處。

一開始，他會因此害怕。他沒做好面對真相的準備。但後來他瞭解而且接受了自己的角色。有不公不義才會有正義，他告訴自己，所有的喜悅都必須有痛苦相對。沒有死亡，便不會有生命。他並非無用之輩，因為米奇給了他目標。

而且，在打開那扇綠色的門以後，他才可以再次啟動準備的儀式。

他先花很長的時間泡澡。由於禿髮的關係，他不需刮鬍子也不必除毛。然而在泡過澡後，他還是用手套和去角質霜除去身上的死皮。他的身分藏在這些殘渣中，不能夠到處散落，要成為米奇必須先除去這些廢物。他喜歡這麼想：基本上，這是生態保育。這個過程完成後，他剪短手腳的指甲，盡可能銼平。他仔細用刷子在光禿禿的頭頂上塗上一層透明膠水，戴上淺金色假髮後調整位置，讓假髮居中。接著，他在臉上抹了深色助曬乳液好掩飾蒼白的膚色，再戴上藍色隱形眼鏡和墨鏡。最後他穿上皮夾克，打好紫色領帶，加上配飾，包括鍍金手錶、土耳其石戒指、不鏽鋼打火機、一包萬寶路香菸和栗色真皮皮夾。

穿好靴子後，他站在公寓中央。

他維持同樣的姿勢站著不動，一直到黑暗侵入整個公寓。感覺自己準備好了之後，他把手伸進口袋去摸他的護身符——如今成了飛雅特廂型車鑰匙環的錫製小戰車。該做的事只剩下一件。

他清了清喉嚨，說：

「很高興認識妳。我是米奇。」

變身就此完成。

37

她沒有下樓吃晚餐，而是穿著睡衣待在房裡，聲稱自己要複習歷史好應付考試，稍晚再吃。離學期末的考試只剩下不到一個月的時間了。而且她知道，如果她說自己不餓不想吃東西，大人會開始緊張。

對染了一撮紫色頭髮的女孩而言，過去幾個星期事情很多，但過去幾天真是忙亂得不得了。

有一天，她在網路上讀到當人與死亡擦身而過後——像她一樣——一切會變得更好。生命需要偶爾受到衝擊，才會順利流動。從前，染了一撮紫色頭髮的女孩每天會花好幾個小時在這些網站上。一些來自世界各地、像她一樣染了頭髮的女孩聚集在這些網站上成為虛擬朋友，她們交換各種經驗，例如該怎麼把食物藏在餐巾裡而不讓同桌人發現，該在什麼時候催吐才不至於吸收剛吃下的油脂或糖分，更甚者，刀片該割在身上哪個地方才不會有人注意到傷痕。

就是因為這樣，她母親才會嚴格看管她用餐，在她洗澡前看她脫光衣服，並且要她定期量體重。

在科莫湖事件之前，所有的檢查結果都讓人安心，以至於她父母以為那都已經是往事。嚴格說來他們沒錯，因為在一開始，拉費爾是她停止自我傷害的好理由。然而，當她開始感覺到他愛情的真貌時，一切傷害加速進行，直到那天早上她從跳台上往下跳。所以，她父母會擔心她故態復萌並非沒有道理。

黑暗當中，她躺在床上盯著天花板看，手上抱著絨毛小熊——神秘天使縫上小熊的頭，還給它生命。

染了一撮紫色頭髮的女孩覺得很愧疚。對她父母，以及讓她免於溺水而死的男人感到愧疚。對前兩者愧疚，是因為他們的愛沒讓她快樂；對後者，則是因為她浪費了他帶給她的第二次機會。

她心想，不知自己的天使長什麼模樣；不知她是否有朝一日能見到他。

在她的想像當中，他有一頭栗色頭髮、有綠色的眼眸，還有爽朗的笑容。他喜愛大自然和動物，包括絨毛動物在內。他是成人，年紀比她大上一截，所以她無法如他所願地愛上他。她告訴自己，這是他沒有現身的原因。

突然間，一道閃光短暫照亮她背後的牆壁。女孩坐起來，轉身面對落地窗。同樣的光束再次出現。她爬下床，躲在窗簾後面偷偷往外看。外頭一片漆黑，她什麼都看不見。接著，又有一道光束掃過她的陽台。有人試圖和她聯絡，想要她下樓到花園去。她想到當初在服裝店試衣間裡，她和神秘天使曾經透過類似的方式溝通，心頭猛然一跳。

她用單腳跳到浴室，洗了臉後匆忙上點妝，想讓自己看起來體面一點。回到房間後，她打開衣櫥挑了一件厚恤衫。

她準備好了。

她架著撐拐，在沒有人看到的情況下穿過傭人走的門，沿著碎石步道來到水蠟樹籬前，走進她小時候和堂親口中所謂的「迷宮」。她不知道該怎麼讓陌生人知道她在這裡。但接著，她聽到背後有腳步聲，就在她轉過頭時，一道手電筒的光束照得她差點睜不開雙眼。她微遮雙眼，試圖辨認走向自己的人影。

「妳為什麼不接他媽的手機？」

「我現在沒有手機。」她說，認出了拉費爾的聲音。「手機在我掉到湖裡時壞掉了。」

拉費爾一把抓住她的手臂，差點害她跌倒。

「少和我耍賤。」他威脅道：「妳幾天前就收到我的簡訊了，可是妳沒有回覆！」

拉費爾雙眼露出凶光。女孩見識過他的冷酷殘暴。她沒有回答，因為她感覺得到，他是來要她做事的，然而她仍然說：

「我要喊停。」

「不可能！妳真的想讓這些照片出現在妳的家族相簿裡？」

染了一撮紫色頭髮的女孩默默祈禱，希望她的神秘天使在這一刻現身將她遠遠帶走。但她的願望沒有實現。

「你要我做什麼？」她問，開始掉眼淚。

「妳星期三晚上就知道了。」

「我要怎麼告訴我爸媽？」

「那是妳的事，妳自己想辦法。」他說，捏起女孩的下巴親吻她的嘴。「打扮漂亮一點。」

38

她在一灘血水和嘔吐物中醒過來，花了好一會兒才坐直身子，但還是頭暈目眩。她抓住門框，成功地用發抖的雙腿站起來。吸氣、吐氣，她覺得很冷。外頭天色黑了。她手機的電量即將耗盡，但螢幕上仍然留著上一通來電紀錄。

「……如果您接受，請按九……」

預錄的語音還在她腦袋裡迴響。她想起來，這幾天就是週年了。捕蠅人扶著牆壁往前走到通往樓下的門口，下樓時雙膝還在顫抖。

一到樓下，她立刻走進浴室。

開燈後，她在鏡子裡看到的女人不是她。她的左臉有一道乾掉的血漬，從鼻子延伸到左耳。她的雙眼充血，眼眶烏黑，原因無疑是頭部外傷，再過幾個小時，她就會感覺到傷勢的嚴重性。

她打開冷水龍頭。

目前她不想知道攻擊她的人為什麼放她一條生路，而沒有直接取她性命。她告訴自己，他可能以為我終究會死。

她對著洗手槽啐了幾口血沫，接著用雙手掬水用力洗臉。還沒擦乾臉，她就打開藥櫃的門找抑制偏頭痛的藥。她找到止痛藥，沒看有效日期就先吞了兩顆。她應該趕緊就醫，但是她不想去。她打算用毛巾包起冷凍箱裡的冰塊，躺到沙發上用冰塊敷額頭，等待宇宙停止對她的追殺。這時候，她看到一條不知放了多久的口紅。

她拿起口紅。

雖然她處理的是受虐婦女的個案，但她從未被男人打過。現在，她知道那種感覺比她想像的糟一千倍。除了肉體上的疼痛，還有更讓她撕心裂肺的感覺。

羞辱。

她這才明白，沒有任何男人會經歷這種痛苦。這種傷害除了讓人覺得脆弱無助，還帶來了自卑。這不只是不平等所引發的結果。這是突來的、像天啟一般的認知：暴力背後藏的是讓人無法忍受的優越自信。他打我並不是因為他比我強壯；他打我，是因為他覺得他有權力。

「……受話者付費電話。許可號碼二〇〇六〇七……」

每年的這個時候，監獄裡的迪耶哥會絕望地試圖和她聯絡。捕蠅人知道他想要什麼。再一次地，他要為了瓦倫汀娜的死來請求她原諒。但她不相信他。迪耶哥這麼做，只因為他希望能得到緩刑的機會。她和她前夫有資格否決，讓他留在監獄裡。然而，她前夫似乎不再認為這是最公正的選擇。

「五年過去了，他應當要有第二次機會。」

反胃的不適消退了，取而代之的，是黑暗的憤怒。捕蠅人不能讓這種事情重演。她無法忍受這種事發生在另一個女人身上。於是她拿起口紅，控制住抖動的手指仔細為自己塗上。同時，她還找出粉底來掩飾黑眼圈，撲上眼影畫上眼線甚至刷了睫毛膏。梳理好短髮以後，她離開浴室走向衣櫃找衣服穿。她排除了穿來舒適的款式，想挑戰最能展現女性特質的衣著。在失去希望時，她看到衣架上套著一件及膝黑裙。上次她穿這件裙子是在瓦倫汀娜的葬禮上，她把這當成徵兆。然而，更難的還在眼前，她穿上裙子才發現自己這五年來胖了多少。凸起的肚子讓她看起來像座史前的生育女神雕像，她的臀部變形，讓她覺得自己的屁股向左傾斜。她穿上高跟鞋，儘管吃了止痛藥，她仍覺得自己站不穩，而且她的小腿肚也開始痛，因為她失去了站在離地五公分高處的習慣。她踩著搖晃的步伐去拿起電量即將歸零的手機，上網尋找附近是否有客層年齡在六十歲左右男女的夜總會。

葛羅莉亞夜總會有場鋼琴酒吧之夜。

她不確定自己追捕的男人這晚是否會作案，也不曉得他是否會選擇葛羅莉亞來尋找受害者。而且毫無疑問地，她最好留在家中等頭部的傷勢恢復。

他很憤怒，她心想，所以他才會找來我的住處。但怪的是她並沒有陳屍湖底。我不是他要找的那類型女人，我太年輕，髮色不夠金亮。所以他會去尋找另一個女人。是的，就在今夜。

她走出家門坐進小車裡，心想，攻擊她的人應該先破壞了車子，免得她逃跑。她做好叫計程車的心裡準備。沒想到引擎在第一次嘗試就順利發動。

那最好，她告訴自己。

她看著後視鏡。化妝品沒辦法完全遮掩她臉上的傷，於是她拿出置物箱裡的墨鏡戴上。自信、等待邀約謎樣女人。她是完美的捕蠅陷阱。

39

在這幾年，葛羅莉亞夜總會經歷了多次轉型，曾經是迪斯可舞池、脫衣舞秀場和時髦的俱樂部。這地方有紅絲絨窗簾、厚厚的地毯和水晶壁燈，小沙發和軟椅凳吸收了舞台煙霧機散發的甜膩味道。

米奇推開兩扇裝飾著小圓窗的推門，進去後，門在他身後關上。他首先注意到的是夜總會中央的歌手，這名歌手坐在一架遮掩著電子鍵盤的平台鋼琴前方。他身邊有四對男女在跳舞。

他一如往常，評估這個夜晚能為他帶來什麼效益。他看到幾群聚在一起的客人，和許多獨自來這地方的男女。單身的女人佔了大多數，這表示有妓女藏身其中。

他來到裝了黃銅扶手的吧檯前面，挑了角落位置的高腳凳，以便觀察整個大廳。他點了一杯可以假稱是琴通寧的雪碧汽水，接著開始打量那些女人，尋找天選之女。

這次，掌握選擇權的不是他。而是她。

既然決定把一切交付給偶然，那麼他必須格外小心，不能犯錯。

清潔工要他做足準備再出門是正確的建議。米奇也寧可對天選之女有詳盡的瞭解。但清潔工伊蓮消失好幾天卻沒有好好解釋，米奇不想和那不知感激的傢伙講理。他想懲罰清潔工。而現在呢，他只想找樂子。

他注意到大廳的另一頭有對眼睛看著他。女人踏著緩慢性感的腳步朝他走過來，兩手端著一杯調酒。她的頭髮不是金色，而且剪得很短。她雖然戴著墨鏡，他還是倒抽了一口氣，立刻認出她來。

「晚安。」她坐在他旁邊，說：「你想找伴嗎？」

他猶豫不決地看著她。女人沙啞地笑了。

「怎麼了？你不會說我的語言嗎？」

「會，當然會。」

「你在等人嗎？」

他想了一下，才回答：「我等的就是妳。」

「我是維拉。」她帶著相同的笑容，對他伸出手。

他和她握手。

「我叫米奇。」

沒有反應。這是另一個女人，和多年前的上次相見完全不同。她那頭如同電影明星的金色長髮哪裡去了？從前讓他迷戀的美色已經退去。如今，她的臉孔宛如皺紋面具，化妝品堆積在眼角的皺紋當中，皮膚也開始泛黃。而且，在他的記憶中，她的個子應該高很多。

「怎麼，你的真實身分是誰，米奇？」

*她沒認出我，他告訴自己，證據是她像沒事似地和我調情。*他露出標準笑容。

「我是妳想要的一切。」

「我猜你沒有結婚，因為你追女人好大膽。」

「沒錯。沒有老婆也沒孩子。」

「我在想，我為什麼要相信你？」女人問道，喝了一口飲料。

「妳呢？」輪到他發問了。「妳有家庭嗎？」

「喔，沒有！」她驚呼一聲，接著才靠向他耳邊說：「你的車子停在外面嗎？」

「對。」

她拉起他的手放到她的胸口。

「那我們何不找個安靜的地方。」

他遲疑了。

「如果我們立刻出發，我可以給你一個好價錢……你啊，你可以對我為所欲為。」

她咬著嘴唇，對他眨個眼。

40

他們從她面前十多公尺處經過。她因為雙眼紅腫又戴了墨鏡，沒辦法看清楚他們的臉孔，但是她努力記下他們的身影。

捕蠅人簡直無法相信，自己第一次嘗試竟然就成功。

她看到男人在二十分鐘前走進夜總會。對方高大健壯，和聖安娜醫院監視影帶中的清潔人員一樣。他穿著深色衣服，戴著墨鏡，一如藍色夜總會酒保口中的男人。酒保同時提到他有一頭「看似假髮的好笑金髮」，捕蠅人一看到男人的頭髮便立刻想到假髮。

但最重要的是：這個陌生男人對這種夜總會來說太年輕。

她看著他走到吧檯角落坐下，在那個位置，他可以看見整個夜總會大廳。他點了一杯雪碧，這多少洩了他的底。不喝酒的人通常不會來這種場所，她告訴自己。這男人想保持清醒。

沒多久，一個六十來歲的女人坐到他身邊。捕蠅人以為他會要她走開，因為她不符合受害者的條件。

她不是金髮女郎。

然而，出乎她的意料之外，男人接受了女人的主動出擊，一會兒後，他們一起走向出口。

捕蠅人從自己坐的沙發上站起來，隔著一段距離跟著那兩個人。他們離開時走的是沒太多人經過的小路。她不想讓自己因為高跟鞋踩在柏油路上的聲音曝光，所以脫下鞋子，光腳跟上去。

這一男一女手牽著手，就像一對情侶。他們在一輛老舊的飛雅特廂型車前停下腳步。男人先讓女人上車，接著才繞過車頭，坐上駕駛座。捕蠅人利用這短暫的時間跑向自己的小車，上了車，決定繼續跟蹤。

他們把車開上一條荒僻又蜿蜒的環湖小路。

捕蠅人和他們保持大約一百公尺的距離。這個距離夠遠，他們不會注意到後頭有人跟蹤，但卻不夠近，她看不到車牌號碼。她沒攜帶武器，連彈簧刀都沒帶。而她的手機幾乎沒電，估計只夠她打一通電話。她沒有考慮，撥了潘蜜拉的號碼。

「怎麼啦？」她的朋友不耐煩地接聽電話。

「聽我說，沒時間了，而且通話很快會斷。有關奈索撈到的手臂，我可能找到殺害那個女人的凶手了。」

「什麼？妳說什麼？」

線路不是很穩定。

「他們剛剛還在葛羅莉亞夜總會，我現在開車跟蹤他們，因為他拐到一個女人。」

「妳在說什麼？我聽不懂。妳怎麼能確定那是謀殺案？」

「就是謀殺案。相信我。」

「妳瘋了。」

「我沒瘋，我有足夠的線索證明我沒弄錯。」

潘蜜拉果然不相信她。

「妳在哪裡？」

「在環湖小路上，那混蛋要去奈索。」

「妳真的在跟蹤他？」她用警覺的語氣問道。「好，我馬上到。妳別做蠢事。」

「妳不請求支援嗎？那混蛋很危險。」

「我不知道妳在幹什麼，不過危險的人是妳。」

她按掉通話，正好手機發出長長一聲沒電的聲響。前面是急轉彎，為了抓緊方向盤，捕蠅人把手機扔到副駕座上，幸運地成功過彎。然而，她在轉彎時車速過快，飛雅特廂型車的司機從後視鏡裡看到了她，於是她連忙減速。但在踩下煞車時，她注意到異狀。

車子減速的程度和她踩下煞車踏板的力道不符。

她再試一次。情況不對。在抵達下坡路段前，她鬆開踩著油門的腳。儘管如此，車子還是沒有減速，直直往下衝向一處凸起的路面。她驚慌失措，用盡全力拉起手煞車。完全沒有作用。

車子失去控制。車頭在下一個轉彎處騰空而起，沒有再回到路面。

41

「麻煩你，車子可以稍停一下嗎？」

米奇把車停在路邊。維拉拿著皮包下車，搖搖晃晃地走了幾步，順了順呼吸。他透過敞開的車門看著她。

「我大概喝多了，一路又這麼多轉彎……」

從前，她喝了酒會變凶，米奇心想，酒精讓她變成如動物般凶狠。他感到一陣厭惡，這個軟化的女人不再是他的維拉。

女人摘下墨鏡丟在地上，蹣跚地走向林間小徑。

他跟在後面。

維拉踩著不穩的步履前進，一如她兒子在游泳池裡溺水的那一日。米奇保持著距離。他沒關掉廂型車的大燈，但在他們走往樹林深處時，光線越來越暗。沒多久，光線已經暗到讓米奇看不到她的身影。他連她的腳步聲都聽不到。

接著，樹林突然間展開，前方出現一片在月光下的觀景台。

他看到她站在矮牆前面。站在那個位置可以飽覽美麗的湖景。科莫湖像是一大滴黑色的油點，光亮又平靜。在他們身邊，微風吹得樹葉沙沙作響，像是歡迎他們的掌聲。看到她這副模樣，他心想，歲月真的沒有饒過維拉。他早已注意到她的失神，想必是來自早期的失智症。如果清潔工在這裡，他大可趁機詢問「他的故事」是什麼。可惜他不在。

米奇走向維拉。

「妳記得嗎，在地窖裡，我把妳六歲兒子的腦袋夾進桌上型不鏽鋼虎鉗裡，在他腦袋上開了兩個大傷口？當他不服從我時，我還用鉗子一顆一顆拔掉他的牙齒？妳記得嗎，維拉？」

他放慢腳步，慢慢地來。他現在離矮牆大約只有兩公尺遠。

「當時妳也在場，但是妳沒有阻止我。妳兒子後來被人帶走，但他一直在找妳，妳知道嗎？而我呢，我留在他身邊，沒放他獨自一人……我是他唯一的家人。」

維拉閉著眼睛。在張開雙眼前，她深吸了一口氣。這次，她仍然沒有任何反應。他甚至不確定她是否聽見了他說的話。

「我不知道為什麼，但今晚好特殊。」她靜靜地說：「我想到我的生日……你呢，你會想到自己的生日嗎？」

米奇不知道她想說什麼，所以沒有回應。

「大家說，生日是一個人生命裡最珍貴的日子，因為我們在那天來到這個世界。」她接著說：「然後我們每年都會慶祝，每個人都很友善，我們甚至還會收到禮物。但是，在一開始，我們並不知道這個特別的日子對自己有多重要，是在長大後，才會有人向我們解釋。我不知道自己的生日是哪一天，從來不知道。他們在我的出生證明上隨便填了一個日子。我媽媽從來不願意說。小時候，我會對她說，媽媽，拜託妳告訴我，我的生日是哪一天，每個孩子都有一個生日，我也想要。但是沒有用……」

維拉從皮包裡拿出一包菸和一只打火機。她想點菸，但看不見的微風不斷吹熄火焰。於是她只好放棄。

「妳為什麼告訴我這些事？我認識妳才五分鐘。」

她笑了，但沙啞的笑聲敘述著完全不同的事。

米奇距離她只有一步之遙。月光下，維拉的頸子好像象牙。他只要伸出手就碰得到。

女人轉過身，突然輕撫他。

「從前，我認識一個叫做米奇的男人。」她哀傷地回想。

然後她凝視他，彷彿發現了某種熟悉的感覺。

是的。一池髒水將我帶到這個世上。我學會在髒水裡呼吸。那地上的洞是我的胎盤，泥沼是我的羊水。他走向維拉，把雙手放在她的臀部。

維拉舉起手，摘下他的墨鏡，接著遲疑地看著他。

他任由她看。

在他天藍色隱形眼鏡裡看到的東西讓她困惑。她的表情變了，像是在無底的深井中、在充滿隱密本能的汙穢洞穴中看到不該看的東西。她知道，自己不再有退路。

「你是誰？」她躊躇地問。

他笑了。

「我是深淵。」

二月十八日

今天他十四歲了。

他的新媽媽準備了一個香蕉奶油蛋糕，還要他的新爸爸在工作室裡為他製作一個特別的東西。他們要辦一場小慶生會。他的新媽媽說起驚喜，但他不知道會有什麼驚喜。

這天，從他醒來後，他就一直在想這件事。

這是個特別的生日，因為一星期前他在半夜醒來，發現睡褲濕了。他擔心自己尿床——和從前和維拉在一起或在收容機構裡一樣，但接著他發現這次不一樣。他試著問新爸爸，但答案讓他更困惑：「這是男人的事。」

就這六個字，一字不多。新爸爸隨後關進工作坊裡，絕口不提這個主題。少年告訴自己，不管怎麼樣，既然他的新爸爸用了「男人」這兩個字，這表示他從此不再是孩子。他很高興。

大人把桌子拉到起居室，上頭擺著香蕉奶油蛋糕和每逢大日子才用的餐具。桌上甚至還有一壺柳橙汁和一瓶薄荷蘇打。

他的新爸爸坐在打開的電視前面。他看來沒太大興趣。他的新媽媽坐在火爐旁邊的搖椅上打毛衣。他們在等人，但他不知道等誰。

有人按門鈴。

他的新媽媽放下毛衣去開門。沒多久，瑪汀娜拿著小禮物走進來。她就是驚喜。過了這麼多年還能見到她，少年覺得很開心。

「我最喜歡的小男孩好嗎？」社工瑪汀娜問道。

「我很好，我現在是男人了。」他宣布。

「當然是，親愛的。」她帶著微笑回答。「從此以後你就是男人了。」

他的新媽媽幫忙瑪汀娜脫下大衣，這時他看到意料之外的景象：他的朋友肚子變得好巨大。

「幾個月了？」他的新媽媽問道。

「九個月。」瑪汀娜說。

「是男孩還是女孩？」

「我們不想知道，想保留驚喜！」

瑪汀娜說話時一邊輕撫肚子，他明白了，有個嬰兒即將出生。突然間，他覺得好難過，但他不知道為什麼。

他們點了蠟燭讓他吹。他的新媽媽和瑪汀娜在一旁拍手，他的新爸爸遠遠地看。少年強迫自己微笑，但他並不快樂。

接下來是禮物時間。他的新爸爸做了一個木頭盒子。

他的新媽媽解釋：「這個盒子讓你裝最寶貴的回憶。」

盒蓋上刻著「**十四歲生日快樂，媽媽和爸爸**」。

打開瑪汀娜的禮物後，他知道自己對這東西沒有興趣。

「這是CD隨身聽，」她說：「用來聽音樂。」

「謝謝。」他說。

他拿著禮物跑上樓，但在走進房間前改變了心意。

他朝死去孩子的房間走去，拉開綠色的門。

「她已經忘了你，我的男孩，」米奇看著他的眼睛告訴他：「她甚至有了可以取代你的孩子。」

「胡說。且我已經不是男孩了，我是男人！」

米奇大聲笑了出來。

「有什麼好笑的？」少年憤怒地問。

這下子，米奇笑得更厲害了。這太惹人生氣。為了讓他閉嘴，他拿起禮物摔到地上還用腳踩。但米奇只是笑得更大聲。

「我以後要和瑪汀娜結婚。」他決定了。

「要結婚，你得把那東西插進她裡面。但這事已經有人負責了。」

少年忍不住轉身下樓。他躲在起居室門口偷聽瑪汀娜和他的新媽媽聊天。她們沒發現他的困擾，那最好。冷靜下來後，他走進起居室。

「你剛剛怎麼了？」瑪汀娜帶著一貫的和善微笑問他。

她坐在他新媽媽的搖椅上，在火爐邊前後搖晃，手上拿著鉤針。

他走過去，什麼話也沒說。

「要不要一起聽音樂？我車上有好多CD，我可以教你怎麼用你的新隨身聽。」

「晚一點。」

他想問她是否願意成為他的妻子，兩人永遠在一起，但是他想不出該怎麼問。現在，他離她好近。

「你得把那東西插進她裡面。」

「怎麼了，親愛的。」瑪汀娜擔心地俯向他。「我懂了，你想撒嬌，對吧？」

他的朋友瑪汀娜張開雙臂，他接受她的擁抱。他覺得她好香。接著他抽離身子往後退一步，看著瑪汀娜唇邊的笑容逐漸退去，臉上出現無法置信的哀傷表情。女人垂下雙眼，看到插在自己肚子上的鉤針。她尖叫出聲。他新爸爸的視線首度離開電視，轉過來看究竟發生什麼事。他們全都嚇得無法動彈。

少年知道自己不能留下來。他奪門而出。

42

吉多・羅廷傑本來不打算要小孩。這是染了一撮紫色頭髮的女孩在偶然間發現的。一天，在翻動母親的物品時，她找到父母親在她出生前的往來信件。她以為自己會讀到許多甜言蜜語，沒想到信件重複著相同的主題。

她母親懇求她父親改變決定，給她一個孩子。一個就好。

她顯然成功地說服了丈夫，女孩苦澀地譏諷。但她難以忍受的，是父親勉強接受她的誕生。

「我一直在想，如果我兩星期前死了，你會有什麼反應？」

「當然是傷心欲絕。」

她希望自己能相信他。然而，在她找到的信中，她父親向妻子解釋自己的理由，並且表示他日後一定會厭惡這個孩子。最後，他提出一個強制條件：擁有寶寶性別的決定權。因為如此，她母親曾經三次偷偷墮胎。三次都是在DNA檢測過後、意識清楚的選擇。所以了，工程師羅廷傑唯一不討厭自己獨生孩子的理由，可能是因為她是個女孩。

在出生前，吉多・羅廷傑的命運便已決定。

身為三個兒子中的長子，人們早已認定他有朝一日會繼承由他祖父一手打造、並由他傑出父親發揚光大的家業。他的第一聲哭聲寫下了自己的命運。他的生命將由別人決定，並且沒有抗議的機會。而相對地，他永遠不必瞭解什麼叫飢餓，什麼是不確定；他將一輩子擁有特權，不必事先付出任何努力。

但最重要的，是他能夠將這一切傳承給子孫。

吉多．羅廷傑沒有能力和自己的命運作對，但是他可以阻止這種事發生在他的子孫身上。有了女兒，代表他打破了禁錮自己人生、扼殺自己夢想、粉碎他欲望和才華的性別詛咒。儘管如此，染了一撮紫色頭髮的女孩很理智，這不是人父無私的行為。這次也一樣，工程師羅廷傑這麼做是為了自己。這是為了讓承襲了他血脈的女兒將來不會鄙視他，一如他鄙視自己的父親那樣。礙著他的社會地位，他無法向任何人承認這一點。

她父親違背上帝旨意的懲罰，就是有個成了妓女的獨生女，染了一撮紫色頭髮的女孩心想，我不該存在，她不斷告訴自己。她這條命，是在她之前的三個胚胎換來的。他們現在在哪裡？他們做錯了什麼才會有那樣的厄運？她為什麼會取代他們的位置？

「妳星期三晚上就知道了。」

她坐在房裡的書桌前，不停回想上次與拉費爾見面的情況，以及所有她被迫為他做出的恐怖事情。她不知道這次等著她的是什麼，不知道自己這次該做什麼。而且，和誰做。她試著把心思放在課業上，但徒勞無功。唯一的出口仍然相同。

自我了結。回到她在竄奪三個未出生可憐哥哥的位置之前、硬是被生出來之前的虛無。

然而，和生活中其他因為熟練而變得容易的事情不同，當一個人想尋找第二次自殺的勇氣時，一定會碰到一個無法改變的事實：死亡極其痛苦。她大可讓自己餓死，可惜她時間不夠，因為隔天就是星期三之約。

我可以告訴瑪雅，她心想。但她知道閨密會提出什麼建議。而與其對父母坦承一切，她寧可逃亡。問題是，架著撐拐加上腳踝骨折，她不可能跑遠。這下她進退兩難了。

她轉頭看向床鋪，凝視著縫好頭的小熊。

經過幾日前在花園發生的事，面對拉費爾的再次羞辱，她再也不相信自己有個守護天使。但沒有守護天使，她很難想像自己要怎麼脫身。

她只有一個方法。

她站起來，跛行走到房門口。下樓後，她先確定四下無人，接著才走向她父親的書房。

工程師羅廷傑出差去了，而她母親外出購物。負責監視她的是傭人，其中有一個會在五分鐘內經過她房間。

她的時間充裕。

她悄悄關上門。書房裡半明半暗的光線讓人覺得很舒服，空氣中飄散著她父親的氣味：檀香、菸草和肉豆蔻。這個特調香氛來自巴黎皇家宮殿附近的一間小精品店。

女孩走向放書櫃的角落。這裡展示的阿爾貝托．貝里畫作是她父母向米蘭一間畫廊買來的。她摸索畫框下緣，找到一個按鈕按下去。畫作往前滑動，露出後頭的電子保險箱。染了一撮紫色頭髮的女孩知道密碼——這家人保管得最好的秘密。按下代表她母親生日的八位數字後，保險箱的小門自動打開。

她把手伸進保險箱裡，拿出一個黑絲絨小袋子。

她把袋子拿到書桌前，坐在她父親的扶手椅上，轉身背對著門。早晨的光線穿過百葉窗，照亮了放在她腿上的袋子。女孩打開袋子，拿出一把手槍。子彈就在旁邊。她用顫抖的雙手打開彈膛，一顆一顆地填入子彈。

這是嘗試，為了讓自己鎮定下來，她告訴自己，只是個嘗試而已。

然而，她並非百分之百確定。因為，如果她發現自己真有那種力量，她會毫不猶豫地扣下扳機。就像那天早上在湖邊跳台的邊緣一樣，當時，她感覺到冰冷的湖水呼喚著她，讓她無法抗拒。

填滿子彈後，她深吸一口氣，然後張開嘴巴。她鬆開保險，把槍管塞進上下兩排牙齒之間，讓金屬槍管抵住上顎。如果她運氣好，一切會在瞬間結束。

她一顆心怦怦跳，掌心都是汗。她自問，死前應該想些什麼？說來荒謬，但她不願帶著不好的想法或影像離開人世。

「妳為什麼不接他媽的手機？」

上次和拉費爾在花園裡見面時，他嚴苛的指責在她的腦子裡迴響。她滿心憤怒和怨恨。*反正你不會再見到我了，她在心裡回答他，明天你自己去被人幹！*

「我現在沒有手機。手機在我掉到湖裡時壞掉了。」

拉費爾扯著她的手臂威脅她。

「少和我耍賤。妳幾天前就收到我的簡訊了，可是妳沒有回覆！」

這時候她才想起來，在把iPhone和半瓶威士忌放進塑膠袋之前，她取消了手機密碼，以便找到手機的人能把東西還給她的家人、讓她父母看了照片後瞭解她的動機。儘管如此，她仍然先關了機。她記得很清楚。

「……妳幾天前就收到我的簡訊了，可是妳沒有回覆！」

她手上的武器變重了。她慢慢拿出含在嘴裡的手槍。有人找到她留在跳台上的手機，而且開了機。

43

在米奇說出自己和維拉見過面後，清潔工哭了一整天。

「她現在很好，」米奇說：「不會再受苦了。」

「接下來會怎麼樣呢？結束了嗎？」

他知道米奇每次交付任務，都是在找維拉。因為天選之女必須和他母親年紀相當，而且必須和他母親一起老去。

米奇的回答很含糊。

「再看看。」

清潔工想，從這一刻起，除了打掃，他再也沒有別的用處。過去他會覺得這難以接受，但這時他只希望米奇能夠離開。他也許該說出自己也有個出乎預期的相遇。

然而提起捕蠅人，就足以威嚇他嗎？

不管怎麼說，他的眼前要務是Fuck。他想知道她的現況，尤其是，他想再看到她。但在此之前，他必須去拿藏在二十三號的手機。

不顧捕蠅人可能已經把地址通報給執法單位，清潔工仍然在中午過後來到二十三號，這個時間，除了幾台除草機的噪音外，這一帶很安靜。幾隻貓和往常一樣過來歡迎他，一切都沒有改變。但他時間有限，沒時間餵貓。他跑上閣樓，在昏暗的光線中拿起手機。他知道留在這裡不夠謹慎，但是他仍然開啟了手機，等待方塊圖示出現，好點進去看Fuck的照片。清潔工像孩子般心急。也一樣開心。

這時，急促的音樂聲響起。

清潔工先是一陣困惑，接著他明白了。

有人打電話找他。

44

另一端有人接聽手機。

舊iPhone來電鈴聲——影集《怪奇物語》的音樂——響了好一下子，他猶豫很久，最後還是決定接聽。現在他沒有出聲。

染了一撮紫色頭髮的女孩坐在自己房間的地板上，終於拆開了新的iPhone。

「是你，對吧？」她問道：「是你救了我……」

她只聽到男人的呼吸聲。

「你縫上小熊的頭，還把它帶回來還給我。」

又是安靜。

這實在讓人挫折，但女孩鼓起勇氣繼續說話。

「我做了一些不堪的事，一些讓我覺得羞恥的事。我不願意繼續，但他強迫我。」她含著眼淚說：「我不知道自己為什麼要把心底的話告訴你，可是我可以說嗎？我甚至不認識你，不知道你長什麼樣子，但是我需要你的幫忙……需要你再幫我一個忙……」

這次，她哭了出來。

「明天晚上，拉費爾會帶我到某個地方去。我不知道去哪裡，只知道我不想去。」

她暗暗祈禱，希望他聽懂了她最後幾句話。接著，她等待他的信號。

幾秒鐘後，通訊被切斷了。

45

窗戶半開著，但蒼蠅找不到出口，死命地碰撞推門的玻璃。十分鐘了。捕蠅人躺在病床上看，覺得自己和那隻蒼蠅一樣。

她上次住院是為了生產。而這兩次，林納迪教授都在她身邊。

「好消息，妳那輛老車毀了，妳可以慶祝一下了。」她前夫說，一邊為即將出院的她收拾行李。

她記得開車撞進樹林，聞到木頭的味道，然後一陣天旋地轉。她不記得潘蜜拉找到她後呼叫救援，也不知道她朋友陪著她搭上前往聖安娜醫院的救護車。儘管如此，醫護人員向她保證她意識清醒，而且她也能夠回答急救人員的所有問題。

所幸她只斷了一隻手臂、多了好幾處擦傷；情況本可能更糟的。

大家都說，她之所以會發生意外，是因為事發前幾小時她頭部遭到重擊、導致顱骨外傷。但沒人相信有個危險的殺人凶手進到她家。警方推測對方是小偷，受到驚嚇才出手攻擊。殺人犯會殺人，不會敲昏人就走，他們的說詞讓人沒有反駁的餘地。

「有人破壞了煞車。」她疲憊地抗議。

「妳說過了，但車子如今成了一堆廢鐵。」

林納迪教授比平常看起來緊繃。捕蠅人的推論，是他這天早上還沒喝酒。教授和所有酒精中毒者相同，喝了點酒會好一些，臉部表情會放鬆，手部的顫抖會緩和下來。酒精會麻醉同樣由酒精引起的痛苦。他馬上會去喝，但目前，他為了她保持清醒，這點只讓她覺得愉快。

兩人都沒提起連結他們與聖安娜醫院的悲慘回憶。

看著教授為她拿出袋子裡、她一小時後出院時要穿的衣服，捕蠅人心想，她願意為他燙襯衫。當他們還是夫妻時，兩人分攤所有家務，唯有燙衣服除外。於是她只好挑起這個任務。有些人會以丈夫的襯衫來評斷妻子的價值，這令人憎惡，不過，她希望教授能體面地去學校。

病房門半開著，但外頭的人還是敲了敲門。

潘蜜拉探頭進來。她的笑容讓捕蠅人心底發毛，因為她通常都是面帶怒容。

「今天怎麼樣？」她用壓抑的語氣問候捕蠅人，因此讓人有些討厭。

「好多了，謝謝。」林納迪代她回答。

「所以妳可以回家了。」

捕蠅人注意到潘蜜拉穿著制服。也就是說，還好，她不會逗留太久。

「妳要幹什麼？」

她的朋友舉起雙臂，像要投降。

「看得出妳還在生我的氣。」

「那當然，因為妳不相信我。但是我已經把所有資訊都告訴了妳，還向妳解釋過我們在和什麼人打交道。」

潘蜜拉拉來一張椅子，在床邊坐下。

「我剛才去找過西爾維。在妳遇到這種事之後，他加速比對瑪格達·可隆布頭髮和奈索手臂的DNA。」

「結果呢？」

「兩者不相吻合。」

「怎麼可能？」

「很簡單。因為妳在梳子上找的頭髮來自一頂金色假髮。」

她沒想到瑪格達會戴假髮。

「你們可以去她家採別的樣本。」

「打什麼名號去？我們需要合理的動機。」

捕蠅人氣壞了。

「動機就是她可能遭遇了可怕的事！」

「下次妳非法侵入民宅時，記得拿牙刷。」潘蜜拉挖苦地建議她。

「那麼，這十年間在科莫一帶失蹤的九名金髮女人呢？難道那也是我編出來的？」

潘蜜拉失去了耐性。

「如果有人到戶政處，改變搜尋條件做類似的搜尋，例如男性、栗色頭髮、四十來歲，也會找出不少人。」

「那妳怎麼解釋奈索手臂上的咬痕？」

「我沒辦法解釋，但咬痕不是罪證。」

身在爭辯現場的林納迪教授沒有插嘴。捕蠅人看著他想尋求支持，但他沒有理會。於是捕蠅人靠向潘蜜拉，握住她的手。

「聽我說，」捕蠅人的語調中充滿懇求。「殺人犯有兩類，有預謀的和隨機殺人犯。有預謀的殺人犯在行動前會先做好規劃。他們融入社會、有工作、付稅而且懂得法律。這些人是虐殺犯，但是他們相信自己有個目標。他們行事謹慎，不會留下任何可以指證出自己身分的蹤跡……相反地，另一類殺人犯則是衝動行事，不預先選擇，而是隨機找上受害者。他們是社會的邊緣人，一般來說，他們沒有朋友或家人，在缺乏關愛的情況下以殺人為樂。這種人不容易辨識，因為他們雖然可能犯錯，但卻無法預料……」

捕蠅人知道自己抓住了潘蜜拉的注意力。她放開朋友的手，繼續說：

「我在葛羅莉亞夜總會看到的男人尋找金髮女人，但他和一名栗色頭髮的女人一起離開。他善於毀屍滅証，卻獨漏在羅廷家女兒嘴裡找到的指甲。他是個獨行俠，但卻能和受害者交際，誘騙她們。他沒有任何同理心，卻救了溺水的少女。」

「我覺得以這個個案來看，這兩種性格互相矛盾。」潘蜜拉仍然心存懷疑。「他屬於哪一種類型？」

「兩者都是。我們可能遇到最棘手的狀況。」

潘蜜拉不再說話。教授也沒發言。

「來自遠方的憤怒主宰了他。他成長在一個充滿敵意的環境，飽受暴力以及各種凌虐。儘管如此，他學會了生存和適應。這個世界忽視他的痛苦，在他無助的兒時沒能拯救他，但是他並不是在報復這個世界。我們不該犯下這個致命錯誤。事實上，他殺人有確切的原因，就像妳之所以進入執法單位，林納迪會去教書，和我成了捕蠅人一樣……他覺得自己的作法是正確的，因為那是他的天性。」

潘蜜拉調整坐姿，讓自己靠向椅背。

「妳怎麼知道這些事？在哪裡學的？為什麼？」

捕蠅人看著前夫。不同於潘蜜拉，林納迪知道這些問題的答案。

「瓦倫汀娜死後，她覺得自己有必要瞭解。」他說。言外之意，是不幸地，他們曾經遇到一個這樣的怪物，當時對方看似沒有嫌疑，還沒有開始蒐集自己的受害者。

事實上，捕蠅人的陳述有一項特徵完全符合迪耶哥。林納迪雙眼含淚，走向前妻。

「我們應該要保護她的。」他輕撫前妻的額頭，低聲說：「我們也有錯。」

「我會試著找巡官談。」潘蜜拉決定了。「但是我不敢保證……還有，妳必須答應我停止那些非法搜索。如果這樣的怪物真的存在，他不會猶豫，一定會再次對妳下重手。」

捕蠅人接受了交換條件。

「妳可以處理另一件事。」她對潘蜜拉眨個眼，說：「開白色保時捷那傢伙。我們還欠他一點教訓，對吧？」

林納迪詢問地看著她。

「這是女人家的事。」潘蜜拉說完話，湊過去親吻捕蠅人的臉頰，然後離開醫院。

教授走向捕蠅人，在她打了石膏的手臂下塞了一個枕頭。

「我想看他。」她突然說：「你可以帶我去嗎？」

林納迪久久看著她，然後點點頭。

46

殺害瓦倫汀娜的凶手在犯案時仍然未成年。他被判八年拘役，前兩年在矯正機構度過，接著在成年時轉到成人監獄。

這天開車的是林納迪教授。捕蠅人坐在副駕座上，雙手拿著瓦倫汀娜的照片。她沒看照片，但是她必須去感覺。如果瓦倫汀娜在那場瘋狂的殺戮下存活，今天會是什麼模樣？她相信瓦倫汀娜會成為標緻的女孩。這正是她不想再看到迪耶哥的原因，即使是可惡的狗仔在受刑人外役時拍下的照片也一樣。因此，她完全不知道那年輕人這五年來變了多少。她會一眼認出他，還是需要花點時間？他們的面會會是什麼情況？他會以誠摯的悔恨說服她，或是再次成功地欺騙她？總之，她懷抱確切目的來到此地，不打算讓自己受人操弄。

監獄是一棟灰色混凝土大型建築，地點偏僻。教授停好車，下車前，她突然對他說：

「我想自己去。」

「妳確定？」

「對。」

「千萬別忘了妳面對的是什麼人。」她的前夫提出建議。

這讓她明白了兩件事。一是林納迪已經來過。另一件事是她錯了。事實上，教授對迪耶哥的態度並沒有軟化。他清楚知道關在鐵欄杆後面的是哪種人。

她讓他留在陽光下，自己走向入口。

辦完手續、經過安全檢查之後，獄方人員將她帶到接見室。接見室的牆壁是五公分厚的玻璃，裡頭有一張不鏽鋼桌和兩張椅子，全都固定在地上。

捕蠅人等了大約一刻鐘。她像攀附著竹筏的船難受害者一樣，雙手緊握著椅子的扶手。接著，她看到警衛戒護著一名高瘦的年輕人。他頭髮中分，戴著規矩的眼鏡。門打了開來，警衛幫忙他在她面前坐下，然後將他的手銬扣在穿過桌上兩個圈環的鍊子上。在整個過程中，迪耶哥沒看她一眼。警衛隨後離開接見室，關上了門。

她看著他，一句話也沒說。他長高了許多，男孩如今已經是男人。然而，她看到他臉頰上還有小小的青春痘，鬍子稀疏，而且顯然還在咬指甲。

「早安，迪耶哥。」她開口打招呼。

「早安，媽媽。」

捕蠅人很久沒聽到這個稱呼了。克服這個衝擊後，她鼓起勇氣。

「我不會同意你減刑的請求。你爸爸和我在審判時站在反對方，因為我們相信這裡是你該在的地方。至少在刑期期間是如此。以後的事，我們再看。」

「那妳為什麼來這裡？」迪耶哥以近乎孩子氣的聲音輕聲地問。

「來聽你對真相的說法。」

「妳已經知道了。我的自白都寫在證詞裡了。」

「那是給別人聽的故事。我想聽真相。」

年輕人搖頭。

「妳擔心我說的不是真話？怕我在這裡是因為被迫自首？」

他笑了。

不幸的是，她知道自己兒子在審判時說了真話。但是她不曉得的，是涉及私人的細節、難以察覺的差異，以及宣判中看不到的靈魂狀態。

「沒有人弄錯，你在這裡是因為你罪有應得。」

年輕人深吸了一口氣，終於直視她的雙眼。

「瓦倫汀娜在準備學期末的考試。我打電話給她，邀她到外公外婆的房子去，妳知道的，我們常去那裡做愛。那段時間，我感覺到有點不對，我們疏遠了，但我不曉得原因。一開始她不想來。但在我堅持之下，她同意了。我先到別墅等她。」

「你當時已經準備好刀子了。」她又想到女孩身上的太多傷口，嚴厲地提醒他。

「對。但那時候我還不知道要拿刀做什麼，我發誓。也許我只是要嚇唬她，或讓他知道我無論如何都不能失去她。」

「接下來呢？」

「我想到妳小時候住的房間和她做愛，找回我們失去的感覺，那種特殊的魔法……但她看著我，說她認識了別人。他們已經在一起了。」

捕蠅人憤怒地靠向他。

「然後你做了什麼事？」

「我抓住她的頭髮，把她拖進妳的房間，扯掉她的衣服，把她丟到床上。她哭著求我，想要抵抗。」

「然後你強暴了她。」

「我是想，但是我辦不到。我沒能成功。所以我才會拿出刀子。」

她驚恐萬分。這番充滿怨恨的話，竟是出自她懷胎九月孩子的真心。她哺育他、教導他、想給他最好的一切，完全沒意識到自己的孩子能夠做出那麼野蠻的事。

「你為什麼殺她？」

「因為當時我已經很脆弱了，她還利用機會傷害我，讓我難過。」

捕蠅人感覺到厭惡，無論老少，對女人施暴的男人永遠有相同的藉口。於是她喊道：

「為什麼？！」

「因為我比她強壯，我要她受苦。」他終於承認。

迪耶哥淚流滿面，胸口因為啜泣而劇烈起伏。他看起來像是無助的幼犬。無法解釋的母性本能讓她想抱住迪耶哥安慰他。她知道這不公平，但儘管她永遠不會那麼做，她還是會那樣想。

「你是我這輩子最大的失敗。」她整個人爆發了。

「這不是妳的錯，也不是爸爸的錯。我好像從小時候就這樣了。我沒有別的解釋，那就像是我和死亡有約，我知道我們遲早會相遇。」

眼看就要相信他了，這時她看見湖邊陌生人的影子，那個殺人怪物跳到湖裡拯救羅廷傑家的女兒。

「這不是藉口。甚至更糟，」她鎮定地說：「因為你本來可以拯救瓦倫汀娜，而不是殺害她。」

「從誰的手上拯救她？」

「從你的手上。」她哀傷地解釋。

不久後，警衛進來把迪耶哥帶回自己的牢房。捕蠅人看著這一幕，和目送子女棺木離去的母親同樣心痛。當年，瓦倫汀娜的父母可能就是如此，但女孩值得。

穿過最後一扇柵門後，她走到停車場，不知道此後自己的生活會是什麼樣子。她再也沒有餘力去感受絕望，她的痛苦已經消耗殆盡。

林納迪教授下車接她。他沒說話。教授抱住她，兩人都在落淚。他們知道兩人日後不可能繼續在一起。然而，在這一刻，他們又回到了因為愛情而把孩子帶到世上的那兩個年輕人。

再次道別之前，有那麼一瞬間，他們又成了一家人。

47

深淵的祥和。湖底的平靜。她漂浮在冰冷的水上，身軀隨著流水蕩漾。她張開雙眼，環顧四周。這片靜謐包圍著她，保護著她。再也沒有任何東西或任何人能碰觸她。染了一撮紫色頭髮的女孩繼續想像自己處在這種安詳的狀態中。與此同時，她計算著，自己與無可避免的遭遇之間還有多久時間。

這天早上，骨科醫師來檢查她的腳踝。她恢復得很快，於是他同意她不必再使用撐拐，還為她換上較為輕便的支架，讓她方便行動。

然而，星期三晚上等著她，所以這不算好消息。

她在衣櫃裡隨便挑了一套運動服，像沒時間洗頭髮那樣綁了馬尾辮。她沒有沖澡，還噴了難聞的香水。她想讓別人看到她就倒胃口，刻意違背拉費爾要她打扮漂亮一點的指示，希望向他買下她的陌生人改變主意。然而，到了晚上九點，她完全喪失信心，擔心拉費爾會視這個舉動為不可饒恕的冒犯。

為了得到週間外出的許可，她告訴她母親，要來接她的男孩是她見過最「極品」的帥哥。很不幸，那也是事實。羅廷傑夫人沒有自問這男神般的年輕人為什麼會對她女兒有興趣，她以為他在女兒身上看到母親美麗的基因。基本上，她知道自己的女兒儘管沒有繼承到她的美貌，但也不討厭她。

拉費爾騎著他父親送的重機準時抵達。看到染了一撮紫色頭髮女孩的打扮，他不但沒有生氣，還哈哈大笑。

「至少妳擺脫了那對該死的撐拐。」他只說了這句話。

他把第二頂安全帽遞給她，向站在前梯上的羅廷傑夫人道再會。這個年輕人來自科莫的上流社會，有該有的樣子。

重機奔馳時，女孩在冷風中緊緊抱住男孩，感覺到他身體的熱氣。在那會兒，她閉上眼睛，想像自己真的是拉費爾的女朋友。如果真的是就太好了，而且一切都會不一樣。但生命是醜陋的。她突然覺得一陣反胃，張開了眼睛，沒想到她看到一輛汽車的大燈正朝他們而來，忍不住往後縮。重機危險地急轉彎，汽車按了一聲喇叭才消失在他們身後。

「妳搞什麼？！」拉費爾拉直車身後對她大吼：「妳想害死我們嗎？！」

她好想回答：沒錯。但她只是道歉。

他們沿湖繼續騎了半小時左右，轉進一條陰暗的小路上了丘陵，最後停在一棟七〇年代的建築前面，這棟建築物的門面有「旅館」幾個字。

染了一撮紫色頭髮的女孩下車，打量這個地方。這旅館又破又舊，要不就是她太年輕，不懂得欣賞這種場所。

「他們絕對不會讓我們開房間的。」她說：「我們還未成年。」

「這不是妳的問題。」拉費爾拿下背包，對她說：「妳閉嘴，跟著我就對了。」

他們走進裝潢比外觀更糟糕的大廳。裡頭的木頭家具有發霉和除臭劑的味道。年輕人打個手勢要女孩等著，由他出面和穿著過緊藍色西裝的矮小男性接待員交涉。當拉費爾在接待員手裡塞了張二十歐元鈔票時，後者不屑地瞥了她一眼，她突然覺得尷尬，於是垂下雙眼。沒多久，她的加害者拿著鑰匙回頭來找她。

他們上樓走進二〇九號房間。

拉費爾打開房門和電燈，要她進去。房間裡很悶，十來平方公尺的空間幾乎全被一張大床佔據，牆壁上掛著老式的映像管電視，迷你酒吧發出可怕的噪音，寒酸的浴室有股尿臊味，棕色的床罩和唯一一扇窗戶的窗簾一樣髒，百葉窗拉下了一半。

「別跟白痴一樣站在那裡。」拉費爾打開背包，粗暴地對她說話。

她往前走了一步，不知道自己會面對什麼。這時，他在床上擺了一套睡衣，包括吊襪帶、透明內褲和她根本填不滿的胸罩。隨後，他又扔了一些化妝品出來。這時女孩才明白，他稍早看到她穿運動服為什麼會笑。

「去化妝然後穿上這些衣服。」他命令女孩。

她抓住他的手說：「等等。」

「幹什麼？」

她想威脅他，說她的守護天使馬上會來拯救她，並且讓他付出代價。只不過，在天使以靜默回應她那通電話後，她什麼都不敢確定了。當她再次重撥自己從前的號碼時，對方已經不肯接了。

「沒有。」她說，抓起化妝品和內衣褲。

「等一下來的人付了一大把現鈔買妳。」拉費爾在她走進浴室前告訴她。

這混蛋以為她會覺得開心，但她只覺得噁心。包括她自己，都讓她覺得噁心。

「我不在乎你這次又把我賣給你哪個朋友，只要他速度和上一個一樣快就好了。」說完話，她走進浴室，把自己關在裡面。

正在塗口紅時，她聽到有人敲房間門。顯然是付錢的人來了。染了一撮紫色頭髮的女孩不懂拉費爾為什麼這麼稱呼對方。她聽到對方脫下衣服，又認出彈簧床的聲音。那傢伙準備好了，在等她。

她關掉浴室的燈，把額頭靠在門上，想鼓起勇氣。最後，她決定打開門。

房間裡很暗，微弱的光線透過半拉下的百葉窗照進來。在眼睛適應後，她看到躺在床上的男人。

對方不是年輕男孩，而是挺著一個大肚子的男人，而且明顯勃起。

「過來，讓我看看妳。」他用讓人不舒服的甜膩語調說：「勇敢點。」

她站到床前，背對著房門。

「妳很漂亮，妳知道嗎？」

不，我不漂亮，她心想。我是少女而你是怪物。她沒發現自己哭了出來。

「為什麼掉眼淚？我們會玩得很開心，妳曉得的。」他刻意裝出同情的語氣說話。

但看她哭個不停，他發起火，吼道：

「不准再哭！妳毀了一切，婊子！」

她試著忍住，但她太難過。

男人的呼吸越來越急迫。

「妳何不過來躺在我身邊？」

她正要服從時，突然聽到背後的房間門打了開來。男人的臉上表情不停地變化：興奮、驚訝，接著是恐懼。

染了一撮紫色頭髮的女孩感覺到有人靠近，有人對她說：

「不要回頭。」

她只能聽話。這個人拿了一件斗篷——或一件大衣——包住她。不對，是一件灰色夾克。

「現在，快走。」

她的腳踝雖然還有支架，但她跑向半開的門衝出房間。來到走廊，她看到拉費爾一動也不動，一張臉腫了起來。她聽到床上的男人嗚咽地問：

「你是誰？」但他沒有得到答案。

染了一撮紫色頭髮的女孩應該頭也不回地跑向走廊，但是，想至少看她守護天使一面的誘惑太強烈。她緩緩轉過頭，看到一個巨人伸手到嘴裡拿下牙齒。這一眼，像是永恆。

他咧嘴微笑，露出象牙白、銳利得一如利刃的牙齦。

門自己關上時，女孩看到天使張嘴撲向那個變態。

她沒有感覺到任何憎恨或憐憫。她只想離開這個地方。

48

凌晨兩點，他回到自家公寓門口時才發現鑰匙不見了。整棟大樓沉浸在死寂當中，他全身是血。他想起來了：夾克。鑰匙放在夾克的口袋裡，而他把夾克披在Fuck的肩膀上。警方不可能憑一個錫製小戰車和幾支鑰匙就找到我，他告訴自己，況且，染了一撮紫色頭髮的女孩不可能讓那種事發生。她是我的朋友。

幸好他在飛雅特廂型車的輪圈蓋裡藏了備用鑰匙。他去拿鑰匙。為了安全起見，他明天下班後會換掉鎖頭。目前他打算洗個澡換衣服，趁米奇什麼都還不知道的時候盡快出門。當他終於走進家門時，他室友出聲歡迎他。

「你瞞了我什麼，小鬼？」他在綠色的門後問。

「沒有。」

「別裝了，小鬼，你知道這招對我沒有用。」

「我什麼都沒瞞你。」清潔工繼續堅持，但他知道自己的可信度不高。

「那你口袋裡的東西是什麼？」

Fuck的手機放在他褲子的後口袋裡，露出了一小截。他把手機帶在身上，因為他忘了這件事。他連藏都忘了藏。真是不可原諒的錯誤。

「怎麼樣？我等你解釋。」

他不知道該怎麼回答。

「你以為我什麼都沒看到？什麼都不知道？是不是啊，小鬼？你以為我是笨蛋？」

「不對。」清潔工連忙回答。

「就是這樣！」米奇吼他。「你以為我老米奇會被你這種小鬼牽著鼻子走？」

「不對。」他垂下目光，又說了一次。

「現在，把那髒手機放在桌上。」

他服從了米奇的命令。

「說說看，你拿這髒手機做什麼？」

「看照片。」他輕聲承認。

「什麼？我沒聽到，說大聲一點，小鬼。」

「照片。我看照片。」

「如果我沒搞錯，你一直在看小女生的照片？你是變態嗎？」

「不是。」他替自己說話，被拿來和旅館那傢伙相比是種羞辱。「她是我的朋友。」

「你沒有朋友，小鬼。」

清潔工只希望這場折磨趕快結束，希望米奇選個處罰方式，放他一馬。

「對不起。」他說：「我錯了，應該要受點教訓。」

「一點教訓，這是你應得的懲罰！打開桌子的抽屜。」

最好不要惹米奇生氣。

「看到那把螺絲起子了嗎？」

清潔工看到了，但是他不知道自己該期待什麼。

「我該怎麼做？」

「你知道偷窺狂得接受什麼懲罰嗎？」

不，他不知道。而他怕得不敢問。

米奇的聲音變得更強硬了。

「你不需要兩隻眼睛，小鬼，一隻就夠了。」

他吞了吞口水，開始冒汗。

「怎麼了？你不敢嗎？」

「不是……是說，如果……」他結結巴巴地說，用發抖的手拿起工具。

「這些年來，我都教了你些什麼？」

「恐懼沒有用。恐懼救不了我。」

「然後呢？」

「這是為我好，純粹是為我好。」

「那麼你還在等什麼？」

他不確定自己是否辦得到。

他把螺絲起子拿到臉孔前面，雙手握緊，對準左邊的眼睛。他看到一個黑點越來越接近。他劃傷臉頰，一小滴血冒了出來。他呼吸急促，尋找內在的決心好下手，同時還要強迫自己不要發抖。這太困難。

「我們兩個相依為命，小鬼，」米奇繼續說：「你想多了，在這個世界上，你只有我。」螺絲起子距離他的瞳孔只剩下一公釐了，清潔工覺得米奇說的不對。他還有Fuck。證明就是她懇求他再次拯救她。一股陌生的怒意控制了他，他把螺絲起子扔向綠色的門，耗盡雙肺的所有空氣大吼出聲。

「也不看看我為你做了多少事，忘恩負義的傢伙……」米奇在門裡說。

清潔工大口喘氣，雙眼茫然地看著前方。隨後，他脫下衣服，穿上工作服。他把Fuck的手機留在桌上，相信她會再打來。這次，他會和她說話。他抓起備用鑰匙準備離開，這時候，米奇最後一次對他說：

「你會回來的，小鬼，你和我一樣清楚……沒有我，你什麼也不是。」

49

她逃出旅館時只穿著灰色夾克和那套恐怖的內衣褲。她光著腳，驚慌失措地來到路上，不知該往哪裡去。路過的車子對她按喇叭，在最後一刻繞開免得撞上她。最後終於有一名機車騎士停車，問她是否可以將她載到什麼地方。一回到家，染了一撮紫色頭髮的女孩便叫醒父母，哭倒在他們的懷抱裡。除了這次仍然是神秘天使救了她之外，女孩把一切全說了出來。

「妳成功逃了出來？」她母親無法置信地問。

「明天早上我會打電話給我們的律師，」她父親說：「他們會付出代價。」

她從來沒看過他以這樣的決心來維護自己的家人。與她的想像正好相反，她父母完全理解，而且給予她所需要的百分百支持和無條件的愛。

她母親為她準備好泡澡水。

「妳早該告訴我的。」她邊幫她洗澡邊說。

女孩坐在浴缸裡，用雙手環抱住膝蓋，讓洗澡海綿輕撫皮膚。

「我可以早點幫助妳。」她母親的堅持中沒有絲毫責罵。

染了一撮紫色頭髮的女孩沒有勇氣回答。她閉上雙眼。她母親的手浸入水中，再伸出手時，落下的水滴宛如迴盪在寧靜與薰衣草蒸氣中的樂曲。

「他真的會那麼做嗎？」她靦腆地問她母親。

「妳說什麼？」

「爸爸……他真的會要他們付出代價？」

「我相信他不會給欺負妳的人留下任何機會。」

這樣的承諾，讓她精神振奮。

「妳呢，妳碰過這種事？」

她母親有些遲疑。

「有。」她承認。「我從前當模特兒的時候，有人要求我……做我不想做的事。」

「然後呢？」

「然後，我大部分時間都能夠拒絕。」

她母親艱難的自白稍微安撫了她的罪惡感。也許連她父親都不曉得這些事，她首次感覺到和母親之間有了真正的和解。這對母女都沒有說話。母親為女兒洗好澡後，又為她穿上灑了香水的睡衣。

在女孩睡著之前，羅廷傑夫人坐在床上，就在她身邊，像她小時候一樣。她母親輕撫她的額頭。

「妳把一切都告訴我們了，是不是？」

女孩咬住嘴唇，準備把瞞著他們的部分說出來。但接著她又想到天使變身為復仇惡魔時，在黑暗中張開的嘴。她還沒有準備好。

「是，」她說謊：「我全說了。」

她母親相信了，接著又看向擱在椅子上的灰色夾克。

「應該要把衣服還給帶妳回家的好人。」她說。

染了一撮紫色頭髮的女孩沒說話。

於是她母親親吻她的額頭，離開她房間，半開著門，好讓她看得見走廊上的光線。女孩聽著母親逐漸遠去的腳步聲，突然覺得精疲力盡。但也格外安心。

黎明前沒多久，驚慌讓她醒了過來。她縮在被子裡，希望驚慌趕緊消失。但她很快就明白自己會很難擺脫這種感覺。他看到天使披在她肩膀上好保護她的那件夾克。她的盔甲。她伸手拿起椅子上的夾克塞進被窩裡。緊緊抓住夾克時，她碰到衣料下有個尖銳的物品。她從口袋裡找出一個錫製小戰車，上面扣著幾支鑰匙。

她看著這東西，心想，不知這些鑰匙能打開什麼東西。沒多久之後，她便睡著了。

再張開眼睛時，天已經亮了。她的腳踝痛得不得了，而且她好想上廁所。於是她起身下床，不知道這時幾點鐘。不過她也餓了。

她下樓後看到傭人，但是沒看到她父母。他們在露台上和家庭律師共進早餐，那是他父親最信任的人。

躲在起居室窗簾後面的女孩能聽到他們講話的聲音。她好奇地想知道他們準備怎麼對付欺負她的人。

「我再三重複，我最擔心的是那些照片。」律師說：「起訴時，我們不能不提那些照片。這也就是說，所有人都會爭著想找到照片，尤其是那些記者。」

「我們甚至不確定那些影像是否真的存在。」她母親說。

「如果真的有，一定是在某個人手上……你們覺得，把你們女兒當童妓賣的人對簡單的照片會有所顧忌嗎？」

童妓。提到這個發生在羅馬的少女賣淫醜聞讓她覺得很受傷。

「聽我說，吉多。」律師對到目前為止一直沒有開口的羅廷傑先生說：「你沒辦法承受這樣的醜聞。你應該立刻授權，讓我埋葬掉這個骯髒的故事。」

女孩立刻明白律師指的是金錢，他的建議，是要羅廷傑先生拿出足夠的錢，去換取那些混蛋的緘默。但是她相信她父親會拒絕。

「如果你今天不做，你女兒長大後會發生什麼事？你想讓她一輩子背負著十三歲犯錯的包袱？」

「不會有那種事，」她母親抗議：「如果有必要，我們會帶她遠離這個地方。」

他父親摩娑下巴，深吸了一口氣。

「我們不可能曝光。」他決定了。

這句話像是揮向女孩肚子的一記重拳。昨晚說好的解決方式哪裡去了？當時，她父親以意料之外的堅定語氣說：「他們會付出代價。」這話現在還在她腦子裡嗡嗡作響。她沒想到他這麼輕易就被說服。也許他擔心的是自己的家庭。這她能夠瞭解。她想對這個該死的律師大喊，說她才不在乎醜聞，唯一重要的是讓犯案的人付出代價，她才不在乎其他人會怎麼想，因為她父親會讓所有人閉嘴。但接著，工程師羅廷傑說的話將她帶回冷酷的現實世界：

「這對我沒有好處。」

又一次地，他把自己擺在一切之上。而他女兒必須適應。於是，她希望她母親至少能站在她這邊。

「這表示我們必須把她送到瑞士念中學。」羅廷傑夫人含淚說。

拉費爾早就說了，她父母會以她為恥。他說得沒錯。她哭著轉身，怒火中燒地回到自己房裡，關上房門。

她把自己拋到床上，把臉埋在枕頭上，絕望地大喊。抬起頭時，她看到那件灰色外套，以及放在床頭桌上、就擺在小熊旁邊的小戰車和鑰匙。她的天使在哪裡？

她有個直覺。

她的新iPhone就放在書桌上，已經和iCloud同步，好撈回手機的內容。然而她卻沒有停止舊手機的功能，特別是其中一項——她到這時候才突然想起來。

她拿起手機尋找定位功能，這個功能可以讓她找到遺失的手機。就在此刻，她的舊手機開啟著，紅點在地圖上閃動。她可以再打一次電話，說不定他這次會回答。

但她做了新的決定：她有更好的辦法。

50

捕蠅人大概有一輩子沒搭公車了。反正就算她的小車還在，她手臂打了石膏，也沒辦法開車。初夏這天下午很熱，但公車裡有冷氣。她選了靠窗的位子，方便欣賞湖景。

她要去科莫。房地產經紀人和她約在午餐後見面。她決定賣掉她父母親的別墅。她知道那房子賣不了多少錢，因為屋況不好而且是凶宅。但有了新住戶後——比方說帶著小孩的家庭，哀傷的詛咒也許會消失。捕蠅人這麼希望。

她沒想到巴士沿路會有這麼多乘客，花的時間也比預期來得久。然而她覺得很自在，陽光照在她臉上，而且她隔壁沒人坐。

隔著車窗，她看到科馬奇納島。

她想起羅廷傑家的女兒就是在那裡溺水獲救。見過迪耶哥之後，她答應過再也不插手這件事。她拋開這個念頭，從皮包裡拿出手機，試著分散注意力。巴士很快就會經過通往小碎石灘的停靠站，她可以忘掉那個事件。然而她的焦慮沒有平息，反而像是甦醒的原始本能。她強迫自己把注意力放在手機螢幕上，但是她對無論是電子郵件、網路、社群網站等等都沒有興趣。吸引她的，是另一件事。車子轉彎前，她明白自己無法抗拒，於是站起來告訴司機：

「抱歉，麻煩您，我想下車。」

踏上發燙的柏油路之後，她覺得舒服多了。巴士繼續往前走，留下她一個人。她四處張望。她看到一處空蕩蕩的小停車場，從那裡，有一條小徑穿過樹林，通往下方的碎石灘。她踏上小徑，告訴自己新鮮空氣有益健康，而且這時離和房地產經紀人約會的時間還早。事實上，她想親眼看看千面人第一次出現、冒著生命危險拯救陌生女孩的地方。

走在樹林間，她看到兩張供遊客週末野餐用的桌子。但溺水事件發生在週間，所以這地方當時應該沒有人。

捕蠅人坐在柏樹下的凳子上觀察女孩被拉上來的那片碎石灘。少女和殺人凶手就是在這片狹窄的碎石灘上相遇。被水流帶走時，女孩也許還有足夠的力氣呼救？他只有幾秒鐘的時間來下決定。然後他下水，冒著被平靜水面下可怕暗流吞噬的危險。

他為什麼下水？捕蠅人自問。是什麼力量驅動了他？他單獨在這裡，大可不理會女孩的呼救，免得暴露寶貴的匿名身分。

她回想在所謂的英雄逃走後，來到現場協助少女的幾名證人。她在潘蜜拉交給她的機密報告中讀到，這些人當中，有一名在附近別墅工作的園丁，三名進行翻修工程的泥水匠，另外是一名送完信的郵差。他們都有出現在這個地方的理由。但神秘客沒有。

然而這是事實嗎？

在殺害又肢解了可憐的瑪格達．可隆布後，那個早晨，你到這裡來做什麼？你在距離這片碎石灘好幾公里外的地方棄屍，為什麼又來到這地方？

他還在外頭逍遙，可以再次殺人。雖然沒有人相信她，但是她知道。然而一直到現在，她仍然不知道在一切的開端、在那個星期五早上，神秘客為什麼會來到科馬奇納島。

湖邊吹來一陣微風，樹葉跟著拍動。捕蠅人聞到菩提樹的香味。她閉上眼睛，享受身邊這場由微風啟動的大自然協奏曲。鳥兒在飛，湖水拍打，枝上樹葉在笑。

但在這些聲音中，出現了一個彈錯的音符。

捕蠅人專心聆聽，這就像樂團中有件完全不搭調的樂器。於是她張開眼睛，用目光尋找。

離她坐的野餐桌椅不遠處有個木頭垃圾桶。噪音就來自垃圾桶。在這一瞬間，她看到加護病房的走廊上有一名推著洗地機的清潔人員：在他唯一一次現身時，神秘客以清潔工的面貌出現。這讓她不安。於是她站起來，去檢查垃圾桶裡面有什麼東西。小徑沿路有好幾個這種垃圾桶。她低頭看，發現木頭垃圾桶裡有個綠色塑膠袋，而塑膠袋是空的，所以才會被風吹動。這只代表一件事。有人固定會來這裡換塑膠袋。

51

染了一撮紫色頭髮的女孩花了一個半小時，才抵達科莫郊區的社會住宅區。隨後，她又花了另外一個半小時，找出她舊iPhone發出訊號的建築：這幾棟建築中間有個廣場，孩子在廣場上踢足球，而大人則是在一旁聊天、喝啤酒或抽菸，背景是拉丁音樂。她立刻愛上這種多種民族的節慶氛圍。穿過廣場時，好多人對她露出歡迎的笑容。

她穿著一件天藍色緊身短洋裝，這件衣服買了很久，但一直被她壓在衣櫃深處，因為她覺得自己的體型穿起來不好看。但現在她覺得很自在，更重要的，是因為她相信天使會接受她原來的樣貌。她沒受傷的腳上穿著短靴，搭配格子短襪。那件灰色夾克雖然太大，她還是照樣套在身上。想到這件衣服是天使的，她就覺得安心，覺得受到保護。她雙手都插在口袋裡，一手抓著鑰匙環，另一手握著手機，但不時會拿出來查認自己的路線是否正確。

住宅區裡引她注意的是中央那棟大樓。這棟大樓屋頂上有一個大水塔。

她進到大廳，朝電梯走過去，但是她手機應用程式沒有顯示所在位置的樓層，因為訊號只能給出垂直定位點。這是個問題。她打電話給天使，想告訴他，她人在樓下，但是他沒接電話。

接著，她想到自己可以讓手機繼續響，尋找來電鈴聲——《怪奇物語》主題曲——的出處。

她拿著手機，雖然一腳還上著支架，她仍然每層樓找，有必要就打電話。到了七樓，她聽到走廊盡頭有聲音。

女孩走到一扇有三道鎖的門前。

她清楚聽到音樂來自門後；揭露真相的時候到了。她很激動，幾乎喘不過氣。女孩掛斷電話，深吸了一口氣之後伸手敲門。沒有人回應。她又試了一次，希望天使在家。

公寓裡顯然沒有人。

她失望地嘆氣。

但她不打算放棄。她背抵著門，往下滑坐在地上，決定等天使回來。她拿出口香糖塞了一顆到嘴裡，又玩起手機。但時間實在過得太慢，興奮之情消退，取而代之的是無法忍受的無聊。現在是下午四點。她每五分鐘就看一次時間。

她拿出夾克裡的戰車和鑰匙看，突然有了一個想法。

進公寓裡拿自己的手機沒什麼不對。她還可以留張紙條給天使，感謝他為她做的一切，順便約定見面時間。可惜她沒把絨毛小熊帶過來，否則她可以把小熊留給他。

這麼做最好。她站起來用鑰匙開鎖。

她關上門，等了幾秒鐘，讓眼睛適應昏暗的光線。公寓裡唯一的窗戶用塑膠布遮了起來。她發現自己站在類似附帶廚房角落的起居空間裡。這裡面很整齊，唯一的例外，是地上一堆染血的男人衣服。她想起在旅館裡準備強暴她的男人，以及，特別是他臉上充滿驚恐的表情。

「你是誰？」

女孩瞭解到，自己對發生在那男人身上的事情不感興趣，因為她相信，天使帶來的正義絕對符合上天的意旨，足以證明他的暴力合理。

她看到右邊有一扇古怪的門，漆成了綠色。

她略過這扇門，轉而探索自己所在的起居空間。這個空間再過去有一間沒有窗戶的浴室。起居室裡放了一張沙發床、一座雙門櫃、一張鋪著花朵桌巾的桌子——她的iPhone就放在上頭。她檢查螢幕，發現自己來得正是時候，因為電量幾乎已經耗盡。桌巾下有個拉開來的抽屜，裡頭有一些乳膠手套、剪刀和夾著一支鉛筆的筆記簿。她翻開筆記簿看，上頭寫著古怪的筆記，寫字的人手不穩，而且有很多錯字。她成功地猜出幾行字：那是一長串清單，列有各式物品和食物。

看起來就像垃圾清單。

她把筆記簿放回抽屜裡，走向櫃子，拉開左邊的櫃門，看到一模一樣的衣服：深灰色毛衣、淺色牛仔褲、白色或天藍色襯衫和黑色的正式皮鞋。另外有一件黑色塑膠布圍裙和一個空的斜背包。相反地，在右側門後，衣架上掛著一件黑色皮夾克、一件花襯衫和一條紫色細領帶。她還看到架子上有一雙皮靴、一條銀色扣環的腰帶、一只鍍金手錶、一枚鑲著土耳其石的戒指和一副墨鏡。一旁有幾本和桌下抽屜一樣的筆記簿。

至少有三十本。

她看到在最高的層架上有一個體積不小的東西，上頭用毛巾蓋了起來。女孩踮起腳尖，輕輕拿下毛巾。

一顆人頭。

她嚇得連連後退，隨後才發現那是一個保麗龍架子，上面放了一頂淺金色假髮。

女孩覺得自己好蠢。在站直身子時，她注意到綠色那扇門前的地上有個東西。

一把螺絲起子。

綠色木門上有個痕跡，看得出有人對著門扔了東西。她試著去開門，但門是鎖著的。怪了。於是她拿戰車鑰匙環上的鑰匙試著開門。

她運氣很好，第三支鑰匙打開了門。

52

綠色門一打開，一股死水和氯的味道迎面撲來。房間裡的空氣可能從來沒流通過，還帶著一點刺鼻的感覺。她心想，應該是男用刮鬍後古龍水。

這宛如邀請。

染了一撮紫色頭髮的女孩很興奮。她往房裡跨了一步，伸手在牆上摸索電燈開關。按下開關後，掛在天花板中央的電燈泡亮了起來。她看不出這房間有任何意義。

房間是空的。

女孩自問，為什麼所有家具都放在起居空間，為什麼不利用這個房間。她走了幾步，轉個圈圈——連她自己都不知道為什麼要這麼做。她覺得焦慮，還有種無法解釋、備受威脅的感受。她突然好想哭。她頭上的燈泡開始擺動，一陣不知打哪來的風吹得她發抖。眼前的景象好像一個讓人不愉快的幻覺。她覺得有個影子像輕撫一樣從她身邊飄過去。

她試著為一切找出合理的意義，這時，她背後有個聲音說：

「妳不該在這裡。」

53

她轉過身，看到一個高大健壯但臉色蒼白的男人。他身穿垃圾清運工的綠色連身褲，頭上的棒球帽下露出看似娃娃的滑稽紅髮。是假髮，她心想。掩藏在厚重近視鏡片後方的黑色小眼睛彷彿沒有瞳孔。

他不可能是我的天使，她告訴自己。

男人往前走。他穿著厚重的鞋子。

「Fuck，」他警覺地說：「妳快離開，Fuck。」

她搞不清楚狀況，不懂他為什麼要侮辱她。接著她想起自己手機殼上的刻字。這男人以為那是她的名字，真是瘋了！她嚇得不知該怎麼辦。

「我立刻走。」她向他保證。

但就在她走向門口時，男人擋到她面前。

「不，妳休想。」他獨斷地說。

他為什麼突然改變主意？她不懂。

「她什麼也不會說。是不是，妳什麼也不會說出去吧，Fuck？」他抓著她的肩膀搖晃。

「我是對的。」

「我不會說出去……」

「你應該讓她走。」

她突然發現陌生人不是在和她說話，而是在和她剛才在這房間裡感覺到的對象說話。

「來吧，小鬼，我們把她解決掉！」說話的是那個怒火不知從何而起的男人。

但是改變的不只是語氣。

他連聲音都變了。

陌生人拉住她的手臂，把她拉到自己身邊。

「不行，你不能傷害她。」他嗚咽地說。「我不准你這樣做。」

她手足無措，男人似乎真的很痛苦，但他將她越抓越緊。

「拜託你，你抓得我好痛。」她說。

「可惡！可惡！」男人含著眼淚說。

他將她抱得更緊。

她無法呼吸。

「拿我出氣！」他絕望地大喊：「拿我出氣！」

女孩的雙眼後翻，她馬上會昏厥，但他緊緊抱住她。在這場紊亂的舞蹈中，她的視線開始模糊。她沒有力氣說話或抗拒。

突然，巨大的聲響伴隨著噪音而來。有人大喊：

「放開她！」

男人沒有理會喊聲，還搖擺不定。

「立刻放開她！」女人又喊了一次。

房裡還有其他尖銳的聲響，但染了一撮紫色頭髮的女孩什麼都聽不到。接著出現的是槍聲。

他開始哭。

天使應聲停下動作，張開翅膀，女孩跌倒在地。她的太陽穴撞到潮濕的地板，疼痛讓她醒了過來。女孩仍然屏住呼吸，如果她不立刻命令她的肺部呼吸，她會死。於是她照做，眼前的世界以緩慢的速度逐漸變得清晰。她躺在地上，看到握著槍的女警手穿過簾幕般的細細水珠，朝他們走過來。男人仰面躺著，喉嚨噴出鮮紅色的液體。天花板的水管灑下水花，女孩把自己推向他身邊，用雙手壓住混雜著水珠的血水。穿制服的女人要她退開，因為她這麼做很危險。在尖銳的警報聲中，她幾乎聽不到她的聲音，但這一點也不重要。她覺得這既蠢又不公平，因為她相信他終究會鬆開她。

你們不懂。他不會傷害我，他是在保護我！

天使看到她的舉動，露出了微笑。他要淹死了。他用僅存的氧氣告訴她：

「我小時候差點溺死在游泳池裡。如果真溺死就好了。」

染了一撮紫色頭髮的女孩啜泣著說：

「如果你當時死了，我就永遠不可能得救。」

有人將她從他身邊拉開，將她帶走；接著又有人推著他穿過水霧。但他們的視線依然留在對方身上。

54

潘蜜拉開著車，臉上露出既愉快又神秘的表情。捕蠅人從沒看過她這個樣子，不禁自問自己是否該擔心。

「一定有事發生。」她說。

「沒有。」她的朋友回答。

「有。而且妳不肯告訴我。」

又是一抹微笑：這是證明。

「到底什麼事？」

「沒事……喬琪亞和我要結婚了。」

「妳就只這樣告訴我？」

「她在三天前問我的，我們已經告知家人了。」

「這個消息太棒了。妳終於決定讓她成為受人尊重的女人。」

這個充滿性別歧視的評語逗得兩人都大聲笑出來。捕蠅人為潘蜜拉高興——雖然她十分懷疑喬琪亞是否真的適合她。當然了，她絕對不會告訴潘蜜拉。

捕蠅人推判出神秘客是一名垃圾清運工之後，立刻打電話給潘蜜拉，要她向市政府查詢由誰在羅廷傑家女兒溺水那個星期五負責清運碎石灘一帶的垃圾。她們查到一個名字和地址。而過去做例行盤查的潘蜜拉正好目擊了恐怖的一幕。

男人想勒斃染了一撮紫色頭髮的女孩。

他的天性是殺人，不是救人，捕蠅人告訴自己。

潘蜜拉扣下扳機，其中一顆子彈擊中連接屋頂水塔的舊防火系統。男人死於頸動脈的槍傷。在這個事件中，有個元素反覆出現。

水。

捕蠅人想起事件的開端。而現在呢，科莫湖像在終章也扮演了一個角色。

警方把女孩送回家，羅廷傑夫婦將她送進療養中心，幫助她從驚嚇中恢復。捕蠅人默默祈禱，希望女孩能擺脫這個陰影。

剩下的，是沒有解答的灰色地帶。

她的理論——也就是陌生人是危險殺人犯的推測——暫時被放到一邊。警方在他身上查不出任何線索，而且，他和戶政處假想受害者名單上的女人沒有任何關聯。但這個男人的身分仍然是個謎團。

沒有人知道他來自何處。

為了讓市府雇用他，他用了假證件，同樣地，他使用這些證件在郵局開戶、買車和租公寓。此外，沒有人能解釋他為什麼會打扮成另一個男人去舞廳。無論如何，捕蠅人都請她的朋友不要把男人的真實身分告訴她，免得她晚上作噩夢。

最後，他以無名氏的身分下葬。

既然沒有名字，她決定以「清潔工」來稱呼他。

「怎麼了？」潘蜜拉看到她露出擔心的表情。

「沒事。」她說，為打了石膏的手臂調整位置。

「我們就快到了。」

沒多久之後，她們把車子停在科莫最豪華的精品店前面。潘蜜拉在捕蠅人下車前說：

「等一下，我想先把這個給妳……」

她的朋友遞給她一個繫了紅蝴蝶結的盒子。她看著盒子，什麼話也沒說便打開。盒裡裝的是一台錫製小戰車。一個鑰匙環。

「這是清潔工的東西，」潘蜜拉解釋：「本來要和他所有東西一起清理掉，但我想到把它留給妳。」

「為什麼？」

「因為，如果沒有妳，我永遠不可能及時趕到。」

捕蠅人垂眼看著老舊的玩具，心想，不知小戰車背後有什麼故事，怎麼會到這個男人手上。但她知道自己永遠得不到答案。

「怎麼樣，妳準備好了嗎？」潘蜜拉問道。

「是，我準備好了。」

她把禮物放進口袋裡，下車走向精品店。

「我能為您效勞嗎？」

「麻煩您，我想和負責人說話。」

年輕女人驚訝地看了她一會才走開。不久後，一個年齡和她相仿，美得不可思議的女人過來自我介紹。

「您找我？」負責人帶著微笑說。

捕蠅人等了一下，才說：

「您不認得我嗎？」

「我應該要認得嗎？我們曾經見過面？」

「我是第一次見到您。」捕蠅人承認。

「很抱歉，我不懂……如果這樣，我為什麼要認得您？」

「仔細看看我……」

負責人以為這是個玩笑，開始惱怒。但接著她懂了。

「您是……」

熟悉的句子。針對這句話，她給了一貫的答覆：

「是的，我就是那個母親。」

另一個女人越來越猶豫了。

「我兒子逃了三天才落網。當時，他用在米蘭車站乞討來的零錢買三明治。他沒有立刻認罪。他身上都是遭他刺殺的少女的血，但是他聲稱自己無辜，把殺害瓦倫汀娜的罪過推給一個從窗戶爬進來的虛構凶手。」

另一個女人還沒有打斷她，這是好預兆。她繼續說：

「我丈夫和我趕到警察局，和他見了幾分鐘。當時迪耶哥一副乖戾的樣子。我向您發誓，我真想用自己的雙手殺了他。在他邊哭邊向我們敘述同一個荒謬的故事時，我瞬間看到他眼中的黑暗，於是我瞭解了。他不只不後悔，他甚至不在乎。」

女人難過地看著捕蠅人。

「只有母親能夠瞭解自己小孩心裡的想法。只有母親懂。而我，我知道。我寧願自己沒那麼確定。我心想，上帝，請祢不要讓他們相信他，不要相信這種魔鬼般的謊言。我們瞭解自己的孩子，是因為我們把他們帶到這個世界，然後我們放任自己因為母愛而分心，拒絕去看。但在內心深處，我們知道……如果我們不阻止他們傷害別人，那錯就在我們身上。」

女人顯得十分困惑。

「您為什麼要對我說這些？」

「因為您的兒子開一輛白色保時捷，也因為他年輕漂亮的未婚妻用衣服和濃妝來遮住瘀青。而且，因為對我來說，為時已晚……」

女人扭著雙手思考，目光失去焦點。她急了。捕蠅人沒再說話。她轉身離開精品店。

二月二十三日

冬季的這個下午，陽光斜斜投下，最後幾束陽光照進病房，輕柔地停留在床上的瑪汀娜身上。她背後墊了好幾個枕頭。她的腹部平坦，目光哀傷。

「醫護人員盡了一切力量搶救我的孩子。」

穿著便服的女警坐在她身邊。她在談話一開始就掏出筆記本，但到目前為止，什麼都還沒寫下來。

「關於那個男孩，妳有什麼可以告訴我的？」

「我沒想到他會嫉妒到這種程度。如果我說我沒辦法討厭他，您會覺得荒謬嗎？」

「我不知道，要看情況。」

「他在五歲時差點溺死在一間廢棄旅館的游泳池裡。我們應該要瞭解，那不是意外。」

「您想說什麼？」

「當時，他母親也在一起。她表示自己分心了，但那是謊話。她看到孩子有危險就走了。」

「根據您的看法，暴力事件是從那個時候開始的嗎？」

「那次事件一定觸發了警鈴。我覺得維拉從來沒愛過她的兒子。我甚至認為她對他反感。」

「您是說，她討厭自己的孩子？您怎麼可能會沒發現？」

「解釋很多。因為我們的天主教文化將母親的角色理想化，或因為我們基本上拒絕相信母親可能會憎恨自己的孩子，畢竟，把孩子帶到這個世界的人是我們。我們相信，不是愛就是冷漠，而所有心理師都會說，對大多數人而言都成立，但母親除外。母親沒有選擇，通常她們自己都沒有意識到這一點。」

「母親的愛與恨一樣強烈。」

「沒錯。維拉就是個好例子。再加上她的感情世界混亂，從一個暴力男人換到另一個暴力男人懷裡。這就是為什麼當她提起米奇時我們會相信的原因。」

「米奇？」

「她讓我們相信她的同居人有時會以暴力對待孩子，而她無力阻止。」

「這不是真話？」

「不是。」

「您怎麼發現的？」

「有一天，鄰居聽到孩子的哭叫聲，所以打電話報警。警方抵達時，維拉指責米奇，但公寓裡沒有別人。」

「所以孩子也受到母親虐待。」

「我知道，聽到我們沒有立刻發現真相，您會覺得不可思議。我不想推託，這也是我們的錯。特別是我。但事情之所以會發生，是因為我們都有個荒謬的觀念，認為只有男人會做這種事。女人不會，尤其是母親。」

「所以當您明白之後，您把孩子送進收容機構。」

「是的，儘管他寧願有人收養他。」

「幾年後，他達成了這個願望。」

「對於要適應一個真正的家庭而言，顯然是太晚。我選擇了這對夫妻，因為他們失去了同齡的兒子，我心想，這是在生命中斷處重新開始的機會，而且他們可以一起療癒傷口。況且他們是唯一肯收養他的夫妻。其他人聽到他的故事後就退縮了。」

「他的故事？」

「維拉父親的名字是米奇。孩子是亂倫的結果。」

「惡的循環。」

「您覺得找得到他嗎？」

「有可能，一個十四歲的孩子能躲到哪裡去？」

「別對他太嚴厲，好嗎？」

「好。」

這時，一陣哭聲傳來。

女警瞥了搖籃裡的新生兒一眼。

「您已經選好名字了嗎？」

「我丈夫打算以他父親的名字為孩子命名。他叫迪耶哥。」

女警收起什麼也沒寫的筆記本，拿起皮包準備離開。

「他稱他們為『蒼蠅』……」瑪汀娜回憶道：「那些圍在維拉身邊打轉的男人。他說，只有我能讓他們保持距離……他都叫我捕蠅人。」

女警走向門口。

「請您保重，把這件事忘了。」

瑪汀娜看著她離開，接著伸手抱起哭泣的孩子。她親吻他臉頰，對他微笑，把他抱到胸前安撫，他用力吸吮母奶。她心想，不知道他說的第一個字會是什麼，他的個性會如何，會成為怎麼樣的男人。她相信，上帝把他當貴重的禮物保留下來。她知道這種想法有點空泛，但對她而言，這都不重要。

再過不久，迪耶哥就可以想像自己的未來了。但在那之前，他母親會為他作夢，為他渴望。

作者註：本書靈感來自真實事件。

謝詞

感謝Stefano Mauri，我的編輯和朋友。同時，我也要感謝世界各地出版我作品的所有編輯。

感謝Fabrizio Cocco、Giuseppe Strazzeri、Raffaella Roncato、Elena Pavanetto、Giuseppe Somenzi、Grazielle Cerutti、Alessia Ugolotti、Patrizia Spinato、Ernesto Fanfani、Diana Volonté、Giulia Tonelli、Giacomo Lanaro、Giulia Fossati，以及寶貴的Cristina Foschini。我的團隊。

感謝Andrew Nurnberg、Sarah Nundy、Barbara Barbieri和倫敦所有合作夥伴。

感謝Tiffany Gassouk、Anaïs Bouteille-Bokoza。像兄弟一樣接待我們的Ottavio。永遠在我身邊的Vito、Achille。感謝Antonio Padovani讓我驕傲的誠摯友誼。

感謝Paolo Pavone的慷慨以及諸多關照。Gianni Antonangeli關切的建議。Antonio Tacchia的專注細節和關懷。Giampiero Campanelli的力量和友誼。Maria Giovanna Luini在黑暗中給我的指引。

感謝La Sette delle Sette❶。感謝L・M・將靈魂注入「清潔工」這個角色裡。

感謝我的雙親Antonio、Fiettina和我的姊妹Chiara。

感謝Sara，我「永恆的現在」。

❶ Instagram讀書會，於二〇二〇年三月居隔期間聆聽多那托・卡瑞西每晚朗誦一段《惡魔呢喃而來》。

Storytella 154

清潔工
Io sono l'abisso

清潔工/多那托.卡瑞西作；蘇瑩文譯. -- 初版. -- 臺北市：春天出版國際文化有限公司, 2023.04
面；　公分. -- (Storytella ; 154)
譯自：Io sono l'abisso.
ISBN 978-957-741-659-9(平裝)

877.57　　112002727

ISBN 978-957-741-659-9
Printed in Taiwan

作　者　多那托・卡瑞西
譯　者　蘇瑩文
總編輯　莊宜勳
主　編　鍾靈

出版者　春天出版國際文化有限公司
地　址　台北市大安區忠孝東路四段303號4樓之1
電　話　02-7733-4070
傳　眞　02-7733-4069
E－mail　bookspring@bookspring.com.tw
網　址　http://www.bookspring.com.tw
部落格　http://blog.pixnet.net/bookspring
郵政帳號　19705538
戶　名　春天出版國際文化有限公司
法律顧問　蕭顯忠律師事務所
出版日期　二〇二三年四月初版

定　價　360元

總經銷　楨德圖書事業有限公司
地　址　新北市新店區中興路二段196號8樓
電　話　02-8919-3186
傳　眞　02-8914-5524
香港總代理　一代匯集
地　址　九龍旺角塘尾道64號 龍駒企業大廈10 B&D室
電　話　852-2783-8102
傳　眞　852-2396-0050